하라의 세계가 열리면

세계가

하라의

세계가

이은용 장편소설

열리면

사계절

차례

전부 끝이라고

프랑크푸르트에 온 첫날부터 하라의 관심을 끌었던 건 바로 그 사람이었다. 색다른 풍경과 문화를 느끼기도 전에 하라의 눈길은 그에게 먼저 닿았다. 벙거지를 눌러쓰고 작은 접이식 의자에 앉아 열심히 손을 움직이는 사람. 그의 옆으로는 늘어선 이젤마다 그림이 진열되어 있었다. 그가 자리 잡은 곳이 숙소로 가는 방향에 위치해 있어 하라는 오가며 매일 그를 볼 수 있었다.

거리의 화가는 지나가는 사람들을 개의치 않고 항상 그림에만 몰두했다. 그 앞을 지나칠 때마다 하라는 화가와 그림을 눈여겨보았다. 구상화를 그릴 때도 있지만, 그는 주로 형태가 불분명한 그림을 그렸다. 어떤 그림은 색이 다양했고 어떤 그림은 단색이었다. 하라가 걸음을 멈추었을 때 엄마가 재촉하지만 않았더라면, 하라는 그의 그림을 더 오래 감상했을 것이다. 하지만 엄마는 거리에 놓인 그림도, 그 그림을 그리는 사람에게도 관심을 두지 않았고, 하라의 눈길이 그쪽으로 향하는 것도 탐탁지 않게 여겼다.

하라는 곁눈질로 그림을 볼 수밖에 없었다. 인물화와 풍경화 사이에서 이해하기 어려운 그림들이 눈에 띄었다. 불완전한 선으로 이어진 그림에서부터 단순한 면의 반복과 크고 작은 점들로 채워진 그림까지. 도대체 무얼 그린 건지, 화가의 의도는 무엇인지 하라는 궁금했다. 간혹 그의 그림을 구경하는 사람은 있어도, 그림을 사거나 그려 달라고 부탁하는 이를 본 적은 없었다. 그럼에도 그의 옆으로 진열되는 그림은 매일 바뀌었다.

예정보다 일찍 프랑크푸르트를 떠나게 된 날, 하라는 그와 만나기를 바랐다. 불과 며칠이었지만 하라에게 그의 그림은 그 어떤 것보다도 인상적이었기에, 떠나는 날 그를 마주치지 못한다면 아쉬울 것 같았다.

중앙역이 가까워지면서 하라는 주변을 살폈다. 밤새 비가 내리고 난 뒤라 거리는 촉촉하게 젖어 있었다. 상쾌한 공기와 다르게 한기가 느껴져 하라는 몸을 웅크린 채 잰걸음으로 움직였다. 앞서가던 엄마는 잠시 뒤를 돌아보더니 다시 빠르게 걷기 시작했다. 엄마가 끄는 캐리어의 바퀴에서 요란한 소리가 났다.

비가 내린 탓에 그가 나오지 않은 건 아닐까 걱정이 들 무렵, 거리 끝에 남자의 모습이 보였다. 그인 것을 확인하자 하라는 안심이 되는 한편, 마지막까지 화가에게 알은체하지 않는 게 조금 미안하기도 했다. 그림을 감상한 값이라고 돈을 건넨다면 실례가 되는 일일까. 주머니를 뒤적이자 큰 액수가 아닌 지폐와 동전 몇 개가 나왔다. 걸음을 늦추며 망설이다가 하라는 돈을 그냥 주머니에 넣었다.

하라가 화가 앞을 지나칠 즈음에 그는 막 완성된 그림을 들고 자리에서 일어섰다. 화가는 진열된 그림을 바꾸기 위해 들고 있던 그림을 잠시 내려놓고, 이젤 위 화판에 걸린 그림을 떼어 냈다. 하라가 그의 새 그림으로 눈을 돌리는 순간, 마침 바람이 불어 바닥에 있던 그림이 훌쩍 날아올랐다.

"어!"

하라의 시선이 그림을 따라갔다. 다행히 그림은 물기 없는 곳에 낙엽처럼 내려앉았고, 하라는 달려가서 그림을 주웠다. 선이 잔뜩 그어진 그림은 마치 어린아이가 장난을 친

듯 보였다.

"당케(감사합니다)."

화가는 인사를 하며 하라가 건네는 그림을 한 손으로 받았다. 그러고는 나머지 손으로 악수라도 하듯이 하라의 손을 덥석 잡았다. 갑작스러운 화가의 행동에 하라는 얼른 손을 빼고 물러섰다. 벙거지 아래로 살짝 미소 짓는 입술이 보였다.

저만치 앞서간 엄마는 하라의 상황은 알지 못한 채 전화 통화를 하고 있었다. 하라도 그제야 엄마를 따라갔다. 얼마쯤 걷다가 뒤를 돌아보자, 화가는 어느새 의자에 앉아 새로운 화지를 준비하고 있었다.

잠깐이었지만 손으로 전해진 느낌이 생생했다. 아주 차갑고 의외로 부드러웠던 감촉이 그림의 여운처럼 하라의 곁을 따라왔다.

"뉘른베르크에서 내리는 거야. 알고 있지, 아들?"

중앙역에 도착해서 엄마는 하라에게 거듭 확인했다.

프랑크푸르트에 도착해서도 줄곧 노트북과 휴대폰을 끼고 있던 엄마는 끝내 남은 휴가를 모두 취소하고, 한국행 비행기에 오르기로 결정을 내렸다. 엄마는 회사에 급한 일이 생겼다고 이모와 통화를 하면서도 하라에게는 혼자 가도 괜찮은지 형식적으로 물을 뿐이었고, 이후 하라의 일정은 달라지지 않았다. 하라는 뉘른베르크에 사는 이모 집에서 겨울 방학을 보낸 뒤 고등학교 입학식에 맞춰 한국으로 돌아가게 되어 있었다.

이모 집까지는 동행하기로 했던 엄마의 계획에 차질이 생겼을 때, 하라도 엄마를 따라 한국으로 돌아가고 싶었다. 가뜩이나 아무것도 하고 싶지 않았던 터라 낯선 곳에서 혼자 이모를 찾아가야 하는 상황이 영 내키지 않았다. 하지만 한국으로 간다 해도 달라지는 건 없었다. 당장 학원을 등록하고 방학 내내 같은 일과가 반복되는 숨 막히는 시간이 이어질 게 뻔했다. 그런 생각이 들자 한국으로 가고 싶던 마음도 이내 사라졌다. 결국 어딜 가나 마찬가지일 테니까.

열차 시간이 많이 남은 하라와 달리 비행기 시간이 빠듯한 엄마는 연신 시계를 보며 서둘렀다. 이모 집에서 지내며 해야 할 일들에 대한 엄마의 당부가 이어지는 동안, 하라는 조금 전 보았던 화가와 그림들을 떠올렸다.

거리에서 그림을 팔 거라면 굳이 추상화를 그릴 필요가 있을까. 관광지에서 인물화를 그려 주거나 기념이 될 만한 명소의 풍경화를 그린다면 오히려 잘 팔릴 텐데, 왜 화가는 하필 그곳에서 사람들이 쉽게 다가가기 어려운 추상화를 그리고 있을까. 하라는 그 이유를 짐작하기 어려웠지만, 그가 어떤 마음으로 그림을 그리는지는 느낄 수 있었다. 그의 곁을 스칠 때 들었던 익숙한 멜로디의 휘파람 소리가 하라를 끌어당겼다.

'가고 갈수록 산새들이 즐겁게 노래해……'

하라는 멜로디에 가사를 붙여 속으로 노래를 불렀다. 어렸을 때 엄마 아빠가 자주 불러 주던 노래였다. 하라가 잠자리에 들 때는 고요하게, 놀이터에서 놀 때는 신나게. 그 노래가 독일 민요에 우리말 가사를 붙인 동요라는 건 시간이 지나 음악 시간에 알게 되었다. 그 멜로디를 여기에서 다시 듣게 될 줄은 몰랐다.

휘파람 소리 외에도 하라는 그림을 대하는 화가의 모습에 진심이 담겨 있다고 느꼈다. 그림에 빨려 들어갈 듯 몰입해 있던 자세, 리듬을 타듯 움직이는 붓을 든 손. 사람들의 반응과 상관없이 그는 그림을 그리는 일 자체에 만족하는 것처럼 보였다. 언제부터 거기에서 그림을 그린 걸까, 그림으로 생활은 가능할까. 하라의 생각은 연달아 이어졌다. 그가 그린 그림들은 다 어디로 가는 걸까.

"알겠지?"

엄마의 목소리에 하라는 정신을 차렸다. 그러고는 건성으로 고개를 끄덕였다. 엄마가 미심쩍은 눈초리를 보낼 때 마침 휴대폰이 울렸다.

"지금 공항으로 가는 중이에요. 내일 회의에는 참석할 수 있어요."

엄마는 하라에게 눈인사를 건네고는 서둘러 캐리어를 끌었다. 총총히 멀어지는 엄마의 뒷모습을 하라는 그저 바라만 보았다. 엄마가 사람들 틈에서 완전히 사라지고 나서야 제대로 인사도 하지 못했다는 걸 깨달았다. 문득 엄마를 만나게 될 날이 멀게 느껴졌다.

"잘 지내요, 엄마."

하라는 나직이 혼잣말로 인사를 남겼다.

오전의 중앙역은 몹시 혼잡했다. 식당에서 음식을 포장하는 사람이 있는가 하면, 선 채로 식사를 하는 사람도 많았다. 아침을 제대로 먹지 않아 배가 고팠지만, 하라는 식당가를 그냥 지나쳤다. 혼자 남게 되자 비로소 실감이 났다. 이곳이 한국이 아니라는 사실이 하라를 바짝 긴장하게 만들었다. 열차를 잘못 타거나 엉뚱한 곳에 내리는 건 상상하기도 싫었다. 낯선 거리에 서서 길 잃은 아이처럼 우왕좌왕하는 꼴이라니. 크든 작든 실수는 하고 싶지 않았다. 전광판을 보면서 하라는 승강장의 위치를 여러 번 확인했다.

뮌헨이 종착지인 열차를 타고 두 시간 남짓 가서 뉘른베르크에서 내리면 된다. 도착 시간에 맞춰 이모가 마중을 나오기로 했기 때문에 열차만 제대로 타면 크게 문제될 건 없었다. 하라는 일찌감치 승강장으로 가서 열차를 기다리기로 했다.

승강장은 열차 시간이 다가올수록 더욱 붐볐다. 처음 보는 사람들이 시야를 채웠고, 알 수 없는 대화들이 귓가를 울렸다. 다들 어디로 가는 걸까. 하라는 그들의 목적지와 그들을 기다리고 있을 일들이 궁금했다. 반가운 사람을 만나고 새로운 일을 시작하거나 경험하면서 각자의 길을 가겠지. 부모님이 정해 주고 이모가 기다리는 곳. 하라는 그곳이 자신의 최종 목적지가 아닐 것 같았다. 그럼 어디로 가야 하는 걸까 스스로에게 질문을 던졌지만, 답을 찾을 수가 없었다.

점점 실타래가 엉키는 기분이었는데, 어찌 된 일인지 예정된 출발 시간이 지나도록 타야 할 열차마저 오지 않았다. 간혹 열차 지연이 있다는 걸 알면서도, 하라는 초조해져 열차가 들어올 방향만 바라보았다. 혼잡한 속에 혼자 덩그러니 남겨진 것 같아 하라의 마음속 불안은 갈수록 거세졌다. 어떻게든 엄마를 설득해서 한국으로 갈 걸 그랬나, 처음부터 오고 싶지 않았다고 솔직히 말할 걸 그랬나. 갈피를 잡을 수 없는 생각들이 어수선하게 머릿속을 오갔다.

"슈테델 미술관 먼저 둘러보자. 잘 알려진 작품도 많으니까 도움이 될 거야."

엄마가 휴가의 목적지를 정한 뒤 하라에게 한 얘기였다. 엄마의 말투에서는 아무런 감정도 느껴지지 않았다. 다른 이유는 전혀 없는 사람처럼. 아빠 역시 엄마와 상의를 마친 건지 좋은 기회라는 얘기 외에는 별다른 말이 없었다.

"하라가 오랜만에 고향에 오는구나."

영상 통화에서 이모의 말을 듣고도 하라는 금방 와닿지 않았다. '고향'이라는 말도 낯설었고, 엄마의 휴가 계획도 느닷없이 여겨졌다. 엄마 아빠가 유학을 하고 하라가 태어나 어린 시절을 보냈던 곳.

프랑크푸르트를 떠난 건 하라가 일곱 살 무렵이었다. 어딘가 다른 외모를 가진 친구들과 뛰어놀았던 시간은 하라의 기억 깊은 곳에 희미하게 남아 있었다. 엄마 아빠와 지냈던 일들도 간간이 떠오르기는 했지만, 너무 어릴 때여서인지 그 기억은 꿈처럼 흐릿했다. 한국으로 돌아온 뒤로는 그때의 일들을 별로 떠올리지 않았다. 세 식구가 모여 앉아 과거를 추억하는 일 같은 건 없었다. 하라 또한 기억도 선명하지 않은 장소에 의미를 부여하지 않았다. 그건 그냥 지나온 시간일 뿐이었다.

하라는 엄마가 독일행을 택한 이유를 두 가지로 추측했다. 하라에게 유명 화가들의 작품을 보여 주는 것과 이모에게 가는 것. 하라는 그게 어떤 예행연습일지 모른다는 예감이 들었다.

엄마는 파리 출장에서 돌아와 미술관에서 보았던 장면을 여러 번 얘기했었다. 세계적인 대작 앞에 옹기종기 앉아 그림을 그리던 아이들에 대해. 하라에게 그림이 취미가 아닌 목표가 되면서부터 엄마는 아들에게 그런 환경을 만들어 주고 싶어 했다. 아빠도 마찬가지였다.

덕분에 하라는 일찌감치 유럽으로 체험 학습도 다녀왔다. 미술 대학을 목표로 하는 형, 누나 들 사이에 하라는 어색하게 끼어 있었다. 런던과 파리의 미술관과 박물관을 다니며, 하라는 화집에서 보았던 그림들을 실제로 마주했다. 처음에는 책에서 본 그림이 실제로 눈앞에 있다는 사실이 벅차고 감격스러웠다. 하지만 그런 관심은 길게 가지 못했다. 빡빡하게 이어지는 일정에 그림을 보는 마음도 조급해졌다. 좋아하는 그림을 직접 마주하는 건 분명 설레는 일인데 이상하게도 감흥이 없었다. 하라 스스로도 의아할 정도였다. 왜 두근거리지 않을까, 왜 눈에 들어오지 않을까. 유명한 건 좋은 건가, 좋아서 유명한 건가. 다빈치의 그림이구나, 미켈란젤로의 조각품이구나. 그 이상도 그 이하도 아니었다. 무언가 느끼고 싶었지만 아무것도 느낄 수가 없었다. 무엇도 하라를 떨리게 하지 못했다.

그렇게 둘러본 작품들은 어느 것 하나 하라의 기억에 남지 않았다. 한국에 돌아와서는 어디서 무엇을 보았는지도 가물가물했다. 내셔널 갤러리부터 루브르 박물관, 오르세 미술관, 오랑주리 미술관 들에서 작품을 진열된 물건 구경하듯이 둘러봤으니 그럴 만도 했다. 로댕 미술관에서 다들 조각품을 감상하고 있을 때, 혼자 야외 전시관으로 나가 오후 햇살을 받았던 게 하라에게는 가장 행복했던 순간으로 남았다.

그 이후부터 시작이었다. 하라는 예술 고등학교 입시 명문으로 소문난 미술 학원에 등록했고, 3학년이 되어서는 매일 늦게까지 그림에 매달렸다. 모의시험, 연합시험, 방학 특강이 이어졌다. 선생님도, 엄마 아빠도 하라에게 늦게 시작한 만큼 시간을 허투루 써서는 안 된다고 일렀다. 하루하루 다가오던 시험 날짜, 일 분 일 초도 아끼며 연필과 붓을 움직이던 시간들, 마침내 치르게 된 입시, 그리고…….

하라는 후, 한숨을 내쉬었다. 무거운 생각을 떨쳐 내듯 양손으로 볼을 두드렸다. 승강장에는 이미 대기하는 사람들과 짐으로 가득했지만, 열차는 아직 도착하지 않았고 시간은 훌쩍 지나 있었다. 초조해진 하라는 의자에서 일어나 주변을 살폈다. 더는 아무 일도 일어나지 않았으면 했다. 작은 일에도 신경이 곤두섰다. 감당할 수 없는 일이 닥칠까 봐 조마조마했다. 그건 어떤 예감 같기도, 안 좋은 경험치가 만들어 낸 직감 같기도 했다.

하라가 불안하게 서성이고 있던 차에, 안내 방송이 흘러나오더니 사람들이 술렁거리기 시작했다. 열차를 기다리던 사람들이 갑자기 한 방향으로 우르르 이동했다. 독일어와 영어 안내 방송이 한 번 더 나오고 나서 전광판의 승강장 번호가 바뀌었다. 생각할 겨를도 없이 하라도 사람들 틈에 끼어 움직였다. 일시에 승강장 위치가 바뀐 열차가 많아서 중앙역은 혼란에 빠졌다. 캐리어 바퀴 구르는 소리, 이름을 부르고 외치는 소리, 사람들의 발걸음 소리가 한데 뒤엉켰다. 많은 사람들이 한꺼번에 이동하는 통에 빨리 걸을 수가 없었다. 하라는 같은 승강장에서 대기하던 사람들의 뒤를 가까스로 따라붙었다.

바뀐 승강장에 다다라 하라는 사람들 사이를 비집고 선로

근처로 다가갔다. 이모한테 무사히 갈 수 있을까. 바보처럼 당황해서 엄마나 이모한테 전화를 거는 건 아닐까. 이런저런 상상을 하다 보니 기분이 착 가라앉았다. 겨울 방학이 엉망이 된 것 같았다. 아니, 그동안의 시간까지 전부 망쳐 버린 것 같았다. 즐겁지 않았다. 그림도, 여행도, 모든 게.

"엔슐디궁(실례합니다)!"

잠시 한눈을 판 사이 누군가 하라의 어깨를 밀치며 뛰어갔다. 그 충격으로 하라는 중심을 잃어 휘청거렸고, 옆에 있던 캐리어가 그만 선로 방향으로 넘어갔다. 하라는 캐리어를 잡기 위해 재빨리 손을 뻗었지만, 사람들이 몰려들어 몸이 선로 쪽으로 떠밀리고 말았다. 다시 중심을 잡으려는데 발이 미끄러지면서 하라는 캐리어와 함께 선로 위로 나동그라졌다.

"아!"

하필 그때 열차 들어오는 소리가 들렸다. 피해야 한다는 걸 알면서도 하라의 몸은 좀처럼 움직여지지 않았다. 낯선 사람들의 낯선 언어가 귓가에 울렸다. 열차가 가까워지며 선로의 떨림이 하라에게 고스란히 전해졌다. 어서 몸을 피하라는 사람들의 손짓과 다급한 표정이 슬로 모션처럼 보였다. 무슨 상황인 걸까, 무얼 해야 할까. 시험 날 실수를 했던 그때처럼 하라의 몸과 마음은 딱딱하게 굳어 버렸다.

그 순간 누군가 뛰어 내려와 하라를 확 밀어냈다. 선로 밖으로 나가떨어지면서 하라에게 여러 감각이 한꺼번에 전해졌다. 투명한 천장을 뚫고 들어오는 찬란한 햇살. 선로의 진동 때문인지 온몸에 일어나는 전율. 귓가를 파고드는 환청 같은 휘파람 소리. 그리고 회색 눈동자. 하라의 몸을 감싼 남자의 눈동자가 바로 앞에 있었다. 찰나에 하라는 그 눈동자에 비친 자신을 보았다. 남자의 뒤로 가까이 다가오는 열차와 열차의 굉음이 하라를 뒤흔들었다. 머릿속이 하얗게 된 하라는 두 눈을 질끈 감았다.

어렸을 때 낙서하듯이 그린 그림과 사람들의 칭찬, 미술학원, 실기시험, 엉망이 된 종이, 불합격이라는 글자. 많은 일들이 순식간에 머릿속을 스쳤지만, 정작 하라는 아무런 생각을 할 수가 없었다. 전부 끝이라는 것 외에는.

도와줘, 리온

폭풍 속을 뚫고 지나가는 듯했다. 온몸으로 바람의 저항이 느껴졌고, 몸이 떠오르는 듯하더니 심한 현기증이 일었다. 눈을 뜰 수가 없었다. 앞으로 닥칠 일들을 하라는 똑바로 볼 용기가 나지 않았다. 벼랑 끝에서 힘겹게 붙잡고 있던 줄을 끝내 놓친 기분이었다. 차라리 잘된 건지도 몰라. 하라는 속으로 생각했다. 포기해도 된다는 정당성을 부여받은 것 같았다. 하라의 입가가 미세하게 움직였다. 웃는 건지 우는 건지 모를 표정으로.

"야!"

누군가 하라를 툭툭 쳤다. 뒤늦게 온몸에 충격이 전해지며 하라의 입에서 신음이 새어 나왔다. 엄청난 통증이 일면서 동시에 뚜렷하지 않은 소리가 귓가를 울렸다. 현실일까, 꿈일까. 살아 있는 걸까, 죽은 걸까.

하라는 겨우 눈을 떴다. 눈앞에서 한 남자아이가 허리를 굽힌 채 하라를 내려다보고 있었다. 곱슬머리가 이마와 귀를 덮고, 얼굴에는 주근깨가 퍼져 있다. 낯이 익었다. 누구지, 이 아이는.

잠시 뒤에 주변 풍경이 하나씩 하라의 눈에 들어왔다. 그리 높지 않은 건물, 그 뒤에 자리한 얕은 언덕과 빽빽하게 들어선 나무, 잔잔한 바람과 풀 냄새, 어디선가 전해지는 웅성거림.

눈앞에 있는 모든 게 바뀌어 있었다. 하라를 밀어냈던 남자와 다가오던 열차는 사라졌다. 방금까지 하라를 둘러싸고 있던 것들이 마법처럼 자취를 감추었다. 엉뚱한 장소에서 모르는 남자아이와 마주한 상황. 대체 무슨 일일까. 영문을 알 수 없어 하라는 몸을 일으킬 생각조차 하지 못했다.

남자아이의 옷은 축축하게 젖어 있었다. 옷자락 끝에서 물이 뚝뚝 떨어졌고, 바닥을 나뒹구는 양동이 앞에도 물이 잔뜩 고여 있었다. 페인트 통에서 쏟아진 파란 액체가 주변 땅을 물들였다. 근처 건물 벽면에는 그림이 그려져 있었다.

색을 반쯤 입은 병아리가 하라의 눈에 기이하게 보였다.

"뭐야, 갑자기 튀어나와서……."

남자아이는 혼잣말을 하며 하라의 모습을 살폈다. 하얀 피부에 단정한 머리, 긴 눈매와 앙다문 입술. 남자아이 역시 할 말을 잃고 하라를 내려다보았다.

"여기…… 어디야? 이게 다 뭐야?"

하라는 여전히 누운 채로 중얼거렸다. 앞서 남자아이가 쓴 한국말이 하라를 더 불안하게 만들었다.

"한국인이야?"

남자아이도 놀라 물었다. 묘한 긴장감과 어색함이 감돌면서 둘은 한동안 꼼짝도 않고 서로를 응시했다. 먼저 입을 연건 남자아이 쪽이었다.

"근데 너, 누구야?"

말투에 의심이 잔뜩 묻어났다. 하라는 남자아이의 눈길을 피했다. 그러고는 서둘러 자리에서 일어났다. 이 아이와 눈을 마주치거나 대화를 나누면 안 될 것 같았다. 이곳을 벗어나야 한다는 생각에 하라는 무조건 달려 나갔다.

건물을 끼고 모퉁이를 돌자 눈앞에 생경한 풍경이 펼쳐졌다. 하라는 자리에 멈춰 섰다. 너른 마당, 늘어선 트럭, 흩날리는 깃털, 작은 생명체의 울음소리.

"야!"

뒤에서 남자아이가 부를 때 하라는 다시 뛰기 시작했다. 뒤도 돌아보지 않았다. 돌아보면 저주에 걸릴 것 같았다. 이대로 돌이 되어 굳어 버릴 것 같은 나쁜 예감이 하라를 휘감았다.

정신없이 앞만 보고 달리다가 하라는 트럭에서 짐을 옮기던 남자와 부딪치고 말았다. 하라는 그대로 나가떨어졌고 남자도 들고 있던 박스를 놓쳤다. 박스가 바닥으로 떨어지면서 안에 있던 것들이 밖으로 쏟아져 나왔다. 노란색의 작은 생명체들이 빠르게 흩어졌다.

병아리라니. 연달아 이어지는 낯선 광경을 보면서도 하라는 도저히 믿을 수가 없었다. 그러고 보니 트럭 주위에 놓여 있는 박스마다 전부 병아리가 들어 있었다. 어림잡아도 수백 마리는 족히 되어 보였다. 가늘고 높은 병아리 소리가 확성기를 댄 것처럼 크게 울려 퍼졌다. 박스를 놓친 남자는 하라를 향해 알아들을 수 없는 말을 퍼부었다. 단단히 화가 난 남자의 표정으로 봤을 때 그건 분명 욕이었다. 그사이에도 병아리들은 종종거리며 연신 하라의 주변을 돌아다녔다. 하라는 완전히 얼이 빠져 허둥지둥 일어서려다가 바닥에 있던 병아리를 그만 손으로 움켜쥐었다. 화들짝 놀란 하라가 재빨리 손을 빼자, 병아리는 잠시 낮게 날아올랐다가 바닥으로 떨어졌다.

그때 하라를 찾던 남자아이가 모퉁이를 돌아 나왔다. 화를 내던 남자는 그 아이를 "리온!"이라 부르며 어처구니없는 표정으로 하라를 향해 손가락질을 해 댔다.

"중앙역이었고 열차를 기다리고 있었는데, 선로에 떨어졌고 그다음에……."

하라는 횡설수설했다.

"중앙역으로 가야 돼. 열차를 타야 한다고!"

빠르게 말을 내뱉고 하라는 벌떡 일어나 뛰어나갔다. 병아리를 다시 주워 담던 남자가 하라를 보며 끌끌 혀를 찼다.

하라는 마당을 가로질러 밖으로 나왔다. 대로변에 이르러서야 멈추었다. 어디로 가야 할까. 길 한가운데에서 불안하게 두리번거렸다. 하라의 시선 속에서 건물들이 빙글빙글 돌았다. 하라가 프랑크푸르트에 머문 건 불과 며칠이었고, 엄마를 따라다녔을 뿐 주위를 세심하게 살피지 않았다. 주변 풍경은 익숙한 듯 낯설었다. 발길을 옮기려 해도 지금 있는 곳이 어디쯤인지 방향을 가늠할 수가 없었다. 열차를 잘못 타서 길을 잃은 것보다 더 암담한 상황이었다.

"야, 이상한 애!"

돌아보자 리온이 서 있었다.

"뭐가 어떻게 된 거야?"

하라가 물었지만 리온은 오히려 의아한 표정을 지었다. 리온은 하라의 말을 전혀 이해하지 못했다.

"중앙역은 어디 있어? 어디로 가야 하냐고!"

하라는 급기야 버럭 소리쳤다.

"네가 누구고 대체 왜 이러는지 모르겠는데, 중앙역은 저 길을 돌아가면 있잖아."

하라의 시선이 리온의 손가락을 따라갔다. 하라는 즉시 달리기 시작했다. 리온도 하라를 따라가려 했지만, 마침 지나가는 트램이 둘 사이를 가로막았다.

하라는 중앙역을 향해 전속력으로 뛰었다. 불길함이 밀려와 멈출 수가 없었다. 역 주변에 세워진 자동차, 사람들의 차림새, 건물의 모양이 엄마와 걸어가며 보았던 풍경과는 사뭇 달랐다. 하라는 주변을 외면하고 일부러 앞만 보며 내달렸다.

중앙역에 들어서고 난 후에야 걸음을 늦추었다. 하라의 입에서 가쁜 숨이 흘러나왔다. 중앙역에는 여전히 사람이 많았고 다들 분주했다.

"여기는 카페인데……."

엄마와 헤어지며 본 카페는 마트로 바뀌었고, 파니니 가게는 서점이 되어 있었다. 이리저리 휘둘러보다 하라는 열차 시간과 승강장을 알려 주는 전광판 앞으로 가 숫자를 확인했다. 정확했다. 하라가 엄마와 헤어지고 뉘른베르크행 열차를 타려고 한 날짜와 시간이 그대로 적혀 있었다.

"근데 달라. 전부 달라."

하라의 목소리가 떨렸다. 하라는 뒷걸음치며 그곳을 벗어나 곧장 승강장으로 갔다. 열차를 기다리는 승객들이 있었지만, 아까의 풍경은 아니었다. 하라의 캐리어도 보이지 않았다. 뉘른베르크행 열차를 타야 했는데 열차 번호가 떠오르지 않았다. 무작정 앞에 있는 열차에 오르려다가 하라는 역무원에게 뒷덜미를 잡혔다.

"놔요, 놓으라고요!"

하라는 열차에서 억지로 끌려 내려왔다. 역무원은 삿대질하며 하라를 향해 나가라는 말만 되풀이했다. 멀리서 리온이 뛰어오는 걸 보면서 하라는 다리에 힘이 풀려 주저앉고 말았다.

하라는 리온의 손에 이끌려 움직였다. 둘은 역 밖으로 나와 한적한 곳으로 갔다. 하라와 리온은 마주 서서 서로의 눈을 바라보았다. 하라는 리온의 얼굴에서 주근깨를 지워 보았다. 머리를 짧게 자르고 반듯하게 빗어 넘긴다면, 짙은 피부가 조금 밝아진다면. 하라는 상상을 멈추려 머리를 휘저었다.

"모르겠어, 정말."

하라는 지금까지의 일을 두서없이 늘어놓았고, 리온은 팔짱을 낀 채 잠자코 그 이야기를 들었다. 리온은 하라의 이야기를 들으면서, 눈으로는 하라의 표정을 세세히 살폈다. 느닷없이 나타난 아이. 어딘가 이상하면서도 익숙했다. 도대체 뭘까, 이 느낌은.

하라는 겨우 설명을 마치고 숨을 돌렸다. 열차를 기다리던 일부터 바뀐 승강장, 사고가 날 뻔했던 것과 눈을 떠 보니 이곳에 있게 된 지금까지. 리온에게 도움을 받을 수 있을지는 몰라도 하라는 손을 내밀어야 했다. 누구든 이 상황에 대해 설명해 주기를 바랐다. 하지만.

"너…… 혹시 병원 같은 데서 나온 거야?"

리온의 반응에 하라는 맥이 빠졌다. 하라가 재차 설명하려 하자 리온이 말을 가로챘다.

"어쨌든 네가 있던 곳으로 빨리 돌아가. 이렇게 다니다가는 위험하겠다."

리온은 어른스러운 투로 조언했다. 서로 부딪치면서 물을 뒤집어쓰고 물감까지 쏟은 걸 생각하면 화가 났지만, 상태가 안 좋은 아이처럼 보여서 참기로 했다. 여기까지 따라온 건 확인하기 위해서였다. 처음이었다. 이렇게까지 닮은 사람을 만난 건. 도움이 필요한 것도 같아서 모른 척할 수가 없었다.

"이건 말이 안 돼. 말도 안 된다고."

리온의 시선은 의식하지 않고, 하라는 같은 말만 되풀이했다. 선로에 떨어지면서 잃어버린 건지 휴대폰도 없었다. 하라는 다급해졌다.

"대사관에 연락을 해야겠어. 휴대폰 좀 빌려줄래?"

하라가 손을 내밀었지만 리온은 팔짱을 풀지 않았다.

"그런 걸 내가 가지고 있을 턱이 없잖아. 돈 많은 어른들이나 쓰는 건데."

리온은 어이없다는 듯 말했다.

"걱정돼서 따라온 거야. 돌아가라는 조언은 했으니까, 난 이만 간다."

리온이 팔을 풀고 돌아섰다.

"잠깐만! 그냥 가면 어떡해?"

하라가 얼른 리온의 앞을 막아섰다.

"미안하지만 난 바빠. 이렇게 나와 있는 걸 다니엘한테 들키면 끝이라고."

리온이 말하면서 손으로 제 목을 긋는 시늉을 했다.

"돌아가서 청소도 해야 하고, 아직 할 일이 많단 말이야. 너 때문에 오늘 그림은 망쳤지만."

리온은 말하고 나서 하라를 비켜 갔다. 얼마쯤 걷다가 돌아보니, 하라는 그때까지도 제자리에서 어쩔 줄 몰라 하고 있었다. 리온의 입에서 쯧쯧 소리가 나왔다.

"이상한 애, 너 이름은 뭐냐?"

리온의 물음에 기분이 나빴지만, 하라는 저도 모르게 대답했다.

"강…… 하라."

목소리에 물기가 배어 나왔다. 하라는 제 이름이 처음으로 부끄러웠다. 지금의 자신은 강하기는커녕 부서질 듯 나약했다. 당장이라도 울고 싶은 심정으로 입술을 깨물었다. 하라의 모습에 리온도 조금은 마음이 풀어졌다.

"나는 리온이야, 서리온. 황당한 얘기는 잘 들었어. 그럼 잘 가라."

인사를 남기고 리온이 돌아섰다. 터무니없는 말을 늘어놓는 걸 보면 정상은 아닌 것 같은데, 절박해 보이는 얼굴이 거짓말하는 사람처럼 보이지는 않았다. 저대로 두고 가도 될까, 리온도 쉬이 발길이 떨어지지 않았다.

리온이 멀어지는 동안 하라는 같은 자리에서 머뭇거렸다. 어디로 가야 할지 알 수 없어 발만 움질거렸다. 한국인을 만나면 도움을 청하려고 했는데, 주변에는 한국인 관광객조차 보이지 않았다. 번화한 상점가 근처에 병아리로 가득한 장소가 있는 것도 이상했다. 며칠 동안 한 번도 지나친 적 없는 곳이었다. 도무지 알 수 없는 상황이지만, 뭔가 잘못됐다는 것만큼은 확실했다.

"……야."

이미 저만치 가 버린 리온을 향해 하라가 힘겹게 소리를 냈지만, 리온은 듣지 못하고 계속 걸어갔다.

"야, 리온!"

조금 큰 소리로 외치자, 그제야 리온이 멈추어 돌아섰다. 리온은 가만히 서서 하라의 말을 기다렸다.

"도와……줘."

하라의 목소리가 작게 터져 나왔다. 그 말을 정확히 알아듣지는 못했어도 리온은 하라의 표정을 읽었다. 멀찍이 떨어진 둘 사이로 한 차례 바람이 지나갔다.

밤의 초상화

방으로 들어서며 리온이 스위치를 올렸다. 형광등이 깜빡거리다가 켜졌다.

"아무것도 손대지 마라."

리온은 하라를 보며 짐짓 무거운 어조로 말한 뒤 문을 닫고 나갔다.

하라는 자리에 서서 방 안을 휘둘러보았다. 헛웃음이 절로 나왔다. 손을 대지 않고는 움직일 수가 없을 정도로 방은 엉망이었다. 그림이 그려진 종이가 사방에 널려 있어 빈 공간이라고는 허공밖에 없는 듯했다. 책상에도, 침대에도 그림이 쌓여 있었다. 마치 그림으로 채워진 감옥에 갇힌 기분이었다.

불과 몇 시간 전에 겪은 일이 하라에게는 까마득하게 느껴졌다. 도와 달라는 부탁을 하고 나서 하라는 리온을 따라갔다. 대답도 하지 않고 돌아서는 리온을 빠른 걸음으로 쫓았다. 달리 방법이 없었다. 누구의 손이라도 잡아야 했으니까. 익숙하지 않은 언어로 다른 사람에게 이 상황을 설명할 자신이 없었다. 한국 아이니까 리온을 따라가면 한국 어른의 도움을 받을 수 있을 거라 믿었다.

리온은 별다른 대꾸를 하지 않았다. 도와주겠다는 말도, 따라오지 말라는 말도 하지 않은 채 걸어가더니 아까 하라와 부딪힌 장소로 되돌아갔다. 그사이 마당에 들어찼던 트럭은 모두 나가고, 몇몇 사람들이 비질을 하며 병아리의 흔적을 치우고 있었다.

"오래 걸릴 거야."

리온은 한마디를 남기고 건물 안으로 들어갔다. 기다리든 다른 방법을 찾든 결정은 하라의 몫이었다.

하라는 모퉁이를 돌아 리온과 처음 마주쳤던 곳으로 갔다. 스케치 위에 이제 막 채색이 시작된 벽화를 바라보았다. 그러고는 벽화를 손으로 더듬어 나갔다. 거기 어딘가에 숨겨진 문이라도 있기를 바라면서 한참을 더듬었지만, 울퉁불

통한 벽면만 느껴질 뿐 다른 건 찾을 수가 없었다. 무슨 일이 벌어진 걸까. 이해할 수 없는 일들이 하라의 앞에 펼쳐져 있었다.

리온이 다시 밖으로 나온 건 어스름이 질 무렵이었다. 벽에 기대앉아 있던 하라는 리온이 나오자 바로 자리에서 일어섰다. 아까처럼 리온은 아무 말도 하지 않고 앞서 걸었고, 하라도 그 뒤를 따라갔다. 당장은 리온의 곁에 있어야겠다는 생각이었다. 무얼 어떻게 해야 할지 판단하기에 하라는 너무 지쳐 걸음을 옮기는 것조차 힘겨웠다.

골목을 굽이돌면서 리온은 샛길로 걸었다. 엇비슷한 건물로 둘러싸인 좁은 길은 하라에게 출구가 없는 미로처럼 보였다. 원치 않게 발을 들여놓았지만, 빠져나갈 통로는 보이지 않았다.

얼마 뒤 리온은 낡은 아파트 입구로 들어섰다. 계단을 올라가는 동안 하라는 뒤에서 리온을 살펴보았다. 그러고 보니 리온의 차림은 조금 허름했다. 집에서 대강 자른 듯 뻗쳐 있는 덥수룩한 머리, 뒤꿈치가 닳은 운동화, 사선으로 멘 가방에는 실밥이 터져 나와 있었다. 어딜 봐도 넉넉한 형편은 아닌 듯했다.

"딱 오늘만이다."

이 층을 지나가면서 리온이 뒤돌아 말했다. 하라는 고개를 끄덕였다. 설마 내일까지 이곳에 있을 리는 없을 테니까. 그건 상상도 하고 싶지 않았다. 삼 층을 넘어가면서 리온은 두 칸씩 계단을 뛰어올라 이내 사 층에 이르렀고, 하라도 숨을 헐떡이며 올라갔다.

리온이 문을 열어 먼저 안으로 들어갔다. 이어 집 안에 발을 들여놓은 하라는 저절로 입이 벌어졌다. 벽화를 그린 것처럼 집 벽면이 전부 그림으로 채워져 있었다. 여기저기에 마음껏 낙서를 한 흔적이 고스란히 보였다. 어렸을 때 그린 건지 어설픈 도형으로만 이루어진 그림도 있었다.

"어른들은 없어. 다들 멀리 갔거든."

소파에 널려 있는 물건들을 치우며 리온이 짧게 설명했다. 벽에는 어린 리온이 가운데에 자리한 가족사진이 걸려 있었다. 달력에 표시된 필체와 옷걸이에 걸린 점퍼에서 어른의 흔적이 느껴졌기 때문에 하라는 약간 의아했다. 다들 어디 갔는지 물으려다가 말을 삼켰다. 그건 중요한 게 아니었다. 리온이 누구와 살든 상관없었다. 하룻밤, 딱 하루만 참으면 된다고 생각하며 하라는 마음을 진정시켰다.

리온의 집은 거실과 주방을 중심으로 방 두 개가 마주 보고 있는 구조였다. 하라에게 그림이 가득한 방을 내주고 리온은 다른 방으로 들어갔다.

어지러운 공간 속에서 하라는 한참이나 우두커니 서 있었다. 바닥에 있는 종이를 발로 밀어 가며 몇 걸음 움직였다. 방 한편에는 이젤 위에 채색된 그림이 놓여 있었다. 하라는 이젤 앞으로 다가가 손가락으로 그림을 쓱 문질렀다. 물감은 다 말라 있었다. 마지막까지 물감을 짜서 썼는지 납작하게 비틀어진 튜브들이 바닥을 굴러다녔다.

하라는 잠시 그림을 내려다보았다. 그림은 추상적인 이미지로 채워졌고 전체적으로 어두웠다. 낮은 채도의 바탕을 짙고 어두운 붉은 곡선이 덮고 있었다. 회오리처럼 표현된 곡선이 화면 전체를 차지하면서, 붉은 물감이 군데군데 흘러내려 기괴한 느낌을 더했다.

'불안한 마음이 있는 걸까?'

하라는 리온의 그림이 좋게 해석되지 않았다. 집까지 데려와 준 건 고맙지만, 리온을 만난 것 자체를 받아들일 수가 없었다. 비슷한 체격과 생김새, 나이도 같다고 했다. 심지어 그림을 그리는 아이라니. 누군가 일부러 장난을 치는 건 아닐까 의심이 들 정도였다.

시선을 돌리자 벽에는 이젤 위 그림과는 다른 분위기의 그림들이 걸려 있었다. 그 그림들은 딴사람의 손을 거친 것처럼 다채로운 느낌의 사실화가 대부분이었다. 색연필, 크레용, 파스텔에 목탄까지 여러 재료를 써서 인물이나 풍경을 묘사했다. 같은 재료도 선의 강약, 굵기, 색을 풀어 쓰는 방식이 그림마다 달랐다. 어쩌면 이 방의 주인은 한 사람이 아닐지 모른다는 착각마저 들었다.

개나 고양이 같은 동물을 그린 것도 많았다. 병아리 그림은 옅은 노란색 털이 한 올 한 올 표현되어 있었다. 최대한 사실적으로 그리려고 애쓴 티가 역력했다. 그림을 보자 얼떨결에 손으로 만졌던 병아리의 느낌이 되살아났다. 보드랍지만 물컹거리던 감촉. 하라는 몸을 떨었다. 난생처음 만져본 병아리의 느낌이 그리 좋지는 않았다.

책상에 펼쳐진 그림은 대부분 펜 드로잉과 연필 크로키였는데, 대상은 사람부터 사물까지 다양했다. 리온은 닥치는 대로 그림을 그리는 게 틀림없었다. 종이의 앞뒤를 모두 사용했고, 어떤 종이에는 여러 개의 형태를 겹쳐 그리기도 했다. 다른 종이를 쓰면 될 텐데 왜 이렇게까지 하는지 하라는 이해가 되지 않았다.

제 물건에 손대지 말라고 했던 리온의 주의를 하라는 개의치 않았다. 보통 때라면 하지 않았을 행동이지만 지금은 경우가 달랐다. 이건 현실이 아니니까. 어딘가 잘못된 상황이고 곧 끝날 일이니까.

책꽂이에도 책보다 스케치북이 더 많았다. 스케치북을 펼치자, 그 안도 그림으로 채워져 빈 곳이 거의 없었다. 수채로 은은하게 색을 입힌 거리의 풍경부터 사인펜으로 그린 캐리커처, 칸을 나누어 그린 만화도 있었다. 표현 기법도 모자이크, 콜라주, 스크래치, 점묘법까지 가지가지였다. 정말 한 사람의 그림일까, 하라는 믿을 수가 없었다. 방에 있는 그림이 전부 리온의 것이 맞다면, 리온은 종잡을 수 없는 아이가 분명했다. 그림을 그리는 사람은 누구나 자기만의 선과 색이 있기 마련인데, 리온에게는 그런 게 없었다. 학원 입시생들의 그림에서도 저마다 뚜렷한 특징이 있어 그림만 봐도 누가 그렸는지 금방 알 수 있었다. 장르를 넘나들며 여러 시도를 하는 화가들도 많지만, 또래의 그림에서 그런 점을 발견하자 하라는 놀랍다 못해 당황스러웠다.

무심코 고개를 숙였다가 하라는 책상 옆에 세워진 캔버스에 눈길이 닿았다. 손을 뻗어 하나씩 그림을 보았다. 캔버스의 그림들은 추상화라는 공통점은 있지만, 이젤 위에 있는 추상화와는 다르게 다양한 색으로 칠해져 있었다. 그중에는 일정한 형태를 이루지 않는 선이나 아예 형태가 없이 색만 덧입혀 표현한 그림들도 있었다. 무슨 의미일까, 추측하면서 하라는 그림을 넘겼다.

　새로운 그림은 계속 나왔다. 캔버스마다 선과 색이 자유 자재였다. 납득이 안 되는 표현도 많았는데, 기껏 완성된 그림 위를 거칠게 덧칠한 것도 있었다. 같은 걸 여러 장 그리며 그 이미지를 세밀한 형태에서 차츰 단순화시키기도 했다. 리온이 뭔가를 끊임없이 찾는 과정이라는 걸 알 수 있었다.

　한참을 넘겨 보다가 깨끗한 종이에 잘 싸여진 캔버스를 발견했다. 다른 건 죄다 그냥 넣어 두었는데 유독 정성스럽게 포장까지 해 둔 그림이 궁금해서, 하라는 포장을 벗겨 냈다. 캔버스에는 어두운 색감의 초상화가 유채로 그려져 있었다.

　화면을 꽉 채운 남자의 얼굴은 무표정하면서 다소 쓸쓸한 인상을 풍겼다. 빛을 등지고 앉아 이목구비는 어두웠고, 살짝 고개를 틀어 오른쪽 뺨만 발그레했다. 귀를 반쯤 덮은 머리카락은 가는 바람에 날리는 듯 보였다. 그림 속 남자는 청년 같기도, 중년인 것 같기도 했다. 머리카락과 피부색만으로는 남자의 출신을 가늠하기 어려웠다. 동양인의 인상에 서구적인 느낌이 배어 있었다. 강렬한 색감이 아닌데도 그림 속 얼굴은 하라에게 그대로 각인되었다.

　그림에는 아무런 표시도 없었다. 그린 사람의 사인도 없고, 리온의 다른 그림들과도 결이 달랐다. 더욱이 십 대의 그림이라고는 믿을 수가 없었다. 그림 속 인물이 지니고 있는 표정과 분위기가 한마디로 말할 수 없는 깊이를 담고 있었다.

'리온의 그림은 아닌 것 같은데. 누가 그린 거지?'

그린 이가 누구이든 초상화는 비범했다. 하라가 보기에는 미술관에 전시된 유명 화가들의 작품과 별반 다르지 않았다. 모델은 누구인지, 어떤 화가가 그렸을지 머릿속에 궁금증이 일었다.

그림을 뚫어지게 들여다보자, 남자의 눈동자가 움직이는 것만 같아 하라는 그림을 내려놓았다. 남자의 무표정이 왠지 무겁게 다가왔다. 하라는 초상화를 다시 포장해서 가장 안쪽에 넣어 두었다. 지금 한가롭게 남의 그림이나 해석하고 있을 때가 아니었다. 침대에 있는 그림들을 바닥에 팽개치듯 던지고서 하라는 털썩 주저앉았다.

어쩌다 보니 말도 안 되는 상황 속에서 시간을 흘려보냈다. 한국 어른을 찾아 도움을 구하겠다고 해 놓고는 뭔가에 홀린 듯 리온의 방에 들어와 있었다. 날이 밝은 뒤에 방법을 찾아보라는 리온의 말 때문만은 아니었다.

이 일은 잠깐의 꿈일 거라고 믿었다. 그게 아니라면 설명이 되지 않았다. 잠에서 깨면 별 희한한 꿈을 꾸었다고 할 것이다. 그렇게 믿자 하라는 한결 차분해졌다. 피곤이 몰려와 침대에 누웠다. 리온이 그린 그림 속 회오리를 통과한 기분이었다. 폭풍이 온몸을 휘감던 느낌이 되살아났다.

선잠에 들면서 하라는 스스로를 짓누르고 있던 시간 속으로 빠져들었다. 전쟁터 같았던 실기시험장 속으로. 물을 떠 놓고, 팔레트를 펼치고, 조금이라도 좋은 자리를 선점하기 위해 이젤을 옮기고, 그러다가 서로 눈치 싸움을 하고, 누군가 물을 쏟고, 신경질적인 소리를 내뱉고. 그 안에서 들리던 소란스러운 소리가 아직도 생생했다. 하라는 두 귀를 감쌌다. 그럴수록 크게 들리는 건 가슴이 뛰는 소리였다. 두근두근, 설렘과는 다른 처음 느껴 보는 불안한 떨림이었다.

흰 종이. 스케치하던 연필 선. 간절했던 시간.

몸이 노곤해지며 생각이 점점 멀어졌다. 몇 번인가 자다 깨기를 반복하는 동안 하라는 실기시험장에 있다가, 리온의 방 그리고 중앙역으로 장소를 옮겨 갔다. 문득 희미한 얼굴이 나타났다. 정확히 알아볼 수는 없어도 눈동자만큼은 확실하게 기억했다.

'그 사람 때문이야.'

잠결에 하라는 회색 눈동자의 남자를 떠올렸다. 위험한 찰나에 마주했던 눈동자가 또렷했다. 이런 악몽 속으로 밀어 넣은 건 그가 틀림없다는 생각을 하면서 하라는 서서히 깊은 잠에 빠졌다. 다시 눈을 떴을 때의 장소를 상상하면서. 그곳이 이모를 만나러 가는 열차 안이기를 바라면서.

다시는 그리지 않기 위해

하라는 벽화 앞에 섰다. 리온의 그림은 어느새 완성되어 한쪽 벽면을 채우고 있었다.

하늘과 구름과 땅이 미묘한 경계를 이루며 배경으로 자리 잡았다. 금이 간 커다란 알이 중심을 차지했고, 그 주위로 크고 작은 병아리들이 배치되어 있었다. 알은 바위처럼 보이기도 산처럼 보이기도 했다. 병아리를 잡으려는 것인지 놓아주는 것인지 모를 두 손이 아래쪽을 차지했다. 그림은 디테일한 묘사보다 전체적인 분위기에 집중되어 있었다. 신비로운 느낌이 달리의 그림을 연상시켰다.

그림에서처럼 하라는 두 손을 오므려 보았다. 그러자 마치 그림 속 손의 주인이 된 것 같은 착각이 들었다. 하라는 혹시 그림을 통해서 이곳으로 넘어온 건 아닐까 추측했다. 말도 안 되는 상상이라고 생각하면서도 아니라고 단정할 수도 없었다. 낯선 세계에 떨어진 지금, 어떤 게 진짜고 가짜인지 명확한 건 하나도 없으니까.

며칠이 지나도 하라의 상황은 달라지지 않았다. 맨 처음 리온의 방에서 깨어나 보았던 아침 풍경을 하라는 평생 잊을 수 없을 것이다. 커튼 사이로 들어온 빛이 이젤 위 그림을 비추었고, 그림 속 붉은빛의 회오리는 빛이 닿자 거세게 움직이며 하라에게로 다가오는 듯했다. 그 순간의 당혹감과 절망을 하라는 며칠째 느끼는 중이었다. 매일 밤 잠들면서 꿈에서 깨기를 기도했고, 아침이면 여지없이 리온의 방에서 눈을 떴다.

하라는 현실을 되찾기 위해 무던히 애를 썼다. 리온의 집에 있는 전화기 버튼을 꾹꾹 눌러 엄마에게 전화를 걸었지만, 잘못된 번호라는 메시지가 흘러나왔다. 아빠와 친척, 친구들까지 기억나는 전화번호는 전부 눌러 보았지만, 하나도 연결되지 않았다. 전화번호를 안내해 주는 곳에는 엄마 아빠의 회사, 하라가 다녔던 학교, 살았던 동네 이름까지 어느

것도 등록되어 있지 않았다. 리온의 집에 있는 낡은 컴퓨터는 작동이 멈춘 지 오래였다. 리온과 인근 도서관으로 가서 인터넷 검색을 했지만, 거기에도 하라가 찾던 정보는 없었다. 중앙역에서 사라진 파니니 가게나 카페처럼 하라가 기댈 수 있는 건 남김없이 사라졌다.

대사관과 한인 단체에도 연락을 했다. 하라는 자신의 이름을 반복해서 말하며, 여권을 구해 한국으로 가야 한다고 사정했다. 부디 저편에 있는 사람이 이 문제를 해결할 수 있기를 바라며 희망을 걸었지만 돌아온 반응은 전부 비슷했다.

"보호자 없니? 한국 주소나 전화번호는?"

사실대로 털어놓을 수도, 털어놓지 않을 수도 없는 난감한 상황이었다. 정확한 인적 사항은커녕 맥락 없는 하라의 말에 처음에는 귀를 기울이던 사람들도 나중에는 의심하는 태도로 바뀌었다. 하라의 절박함을 장난으로 여기며 다들 전화를 끊었다.

"말도 안 돼."

하라가 알고 있는 것들은 이곳에 없거나 다른 형태로 변해 있었다.

두 세계를 잇는 공통점이 아예 없는 건 아니었다. 리온이 가져온 책을 살펴보며 하라는 기존에 알고 있던 사실들을 맞춰 보았다. 시기에 차이는 있어도 역사적 사건들이 겹치는 부분이 꽤 있었다. 하지만 하라가 나열하는 유명인들의 이름을 리온은 거의 알지 못했다. 같은 연도, 같은 시간인데도 불구하고 이곳은 한참 더딘 과거 같았다. 마치 스마트폰과 일반 전화기처럼 삶의 방식이 달랐다. 하라는 우주 한가운데에 뚝 떨어진 심정이었다.

결국 하라는 누구의 도움도 받지 못했다. 설령 도움을 받아 당장 한국으로 간다고 해도 그쪽 상황이 어떨지 확실치 않았다. 한국으로 간 뒤에도 엄마 아빠를 찾지 못한다면, 아무도 하라를 알아보지 못하거나, 최악의 경우 강하라라는 존재 자체를 설명할 수 없는 상태라면. 그런 생각을 하자 하라는 떠날 용기가 나지 않았다. 무엇이 최선인지 확신할 수가 없었다.

"여기서 일어난 일이니까, 여기서 해결할 수 있을 거야."

리온이 해 줄 수 있는 말도 그게 다였다. 네가 하는 말이 맞다면,이라는 얘기는 밖으로 꺼내지 않았지만. 다른 세계에서 왔다고 주장하는 하라의 말을 리온은 저도 모르게 믿다가 가끔은 의심했고, 때로는 말도 안 된다고 생각했다. 그러면서 리온은 호기심이 생겼다. 하라의 말이 얼마만큼 진짜인지, 정말 다른 세계가 있는지 그리고 하라는 어떤 아이인지.

리온은 사실 뜻하지 않은 하라의 방문이 싫지 않았다. 혼자만의 공간에 누군가 발을 들여놓았는데도 거부감이 들기보다 기다리던 손님이 온 것처럼 들뜨기까지 했다. 하라에게 제 방을 빌려주고 리온은 다른 방을 썼다. 밤마다 잘 자라는 인사를 했지만, 아침에 눈을 뜨면 가장 먼저 건너편 방으로 갔다. 하라가 있는 걸 확인하고 나면 걱정과 안도를 동시에 느꼈다. 겉으로는 마지못해 하라를 받아들이는 척했지만, 리온은 하라를 내쫓을 생각이 전혀 없었다. 아빠의 빈자리를 하라가 채워 주었다.

리온의 아빠는 트럭으로 물건 나르는 일을 했는데, 한 번 떠나면 한동안 집에 들어오지 못했다. 짧게는 며칠, 길게는 몇 달이 걸렸다. 혼자 지내는 동안 리온에게 외로움은 친구처럼 머물렀다. 잠이 오지 않는 날이면 그림을 그렸고, 그렇게 밤이 지나 해가 뜨는 장면을 수없이 보았다. 하라가 오고 나서는 그런 감정이 들지 않았다. 기다림의 시간이 덜 쓸쓸했고 조금은 빨리 흘렀다.

리온이 하라를 모른 척할 수 없었던 또 다른 이유는 그림을 바라보는 하라의 눈빛 때문이었다. 그림을 좋아하냐고 물었을 때 하라는 아니라고 얼버무렸지만, 리온은 알아보았다. 하라가 그림을 느끼고 있다는 걸. 하라는 그림을 대강 보지 않았다. 같은 걸 좋아하는 사람끼리는 말하지 않아도 알 수 있었다. 그건 감출 수가 없는 일이니까.

"어때?"

기척도 없이 리온이 다가와 물었다. 하라는 오므렸던 두 손을 얼른 내렸다. 관심 없는 척 발끝으로 땅을 툭툭 차며 딴 청을 부렸다.

"다니엘이 싫어하지 않을까 걱정했는데, 다행이야."

리온은 벽화 앞에서 뿌듯한 표정을 지었다. 누가 시킨 것도 아닌데 리온은 낡은 벽에 그림을 그렸다. 건물 내부를 수리하고 남은 페인트에 몇 가지 색을 더해서 리온이 스스로 벽화를 시작한 거였다. 넓은 면에 그림을 그릴 수 있어서 작업하는 내내 속이 트이는 기분이었지만, 물감이 충분하지 않아 원하는 만큼 색을 입힐 수는 없었다. 리온은 그 점이 가장 아쉬웠다.

"이런 걸 뭐 하러 해? 누가 알아준다고."

하라는 좀 퉁명스럽게 말했다. 아무런 의미가 없는 일 같았다.

"그런가?"

리온이 되물으며 씩 웃었다.

리온의 염려와 달리 작업장 사람들은 건물에 들어설 때의 기분이 전과 다르다며 좋아했다. 엄격하기로 소문난 작업 감독관 다니엘조차 그림 앞에 한참 머물러 있고는 했다.

"어쨌든, 우리는 오늘도 저 안으로 들어가야 해."

리온이 말하면서 손가락으로 건물을 가리켰고, 하라는 바로 이맛살을 찌푸렸다.

"구텐 탁(안녕), 리온!"

"하라야, 안녕!"

작업장으로 들어서자 사람들이 인사를 건넸다. 하라는 인사를 하는 둥 마는 둥 하며 코부터 막았다. 냄새 때문에 제대로 숨 쉬기가 힘들었다. 청소 도구를 챙기면서도 입으로만 간신히 숨을 쉬었다. 작업장 문을 열고 막 발을 들여놓을 때가 하라에게는 가장 고역이었다. 시간이 지나 후각이 조금씩 적응을 하면 코로도 숨을 쉴 수가 있지만, 작업장에 들어선 직후에는 냄새를 맡기가 어려웠다. 그나마 많이 나아지기는 했다. 처음 얼마 동안 하라는 들어오자마자 구역질을 해 댔으니까.

병아리에게서 나는 온갖 냄새, 하라는 그게 가장 견딜 수 없었다. 아무리 씻어도 코끝에 냄새가 남아 가시지 않았다.

냄새가 사라지지 않는 이상 하라는 영원히 이곳을 벗어나지 못할지도 모른다는 좌절감에 빠지고는 했다.

"보다시피 우린 넉넉한 형편이 아니야. 네 말이 어디까지 사실인지는 몰라도……."

하라가 당장 한국으로 돌아갈 수 없다는 걸 알았을 때 리온이 말했다.

"갈 데가 없다니까 당분간은 여기서 지내. 하지만 공짜로는 안 돼."

리온의 말에 하라는 토를 달 수가 없었다. 잘 알지도 못하는 사람을 먹고 잘 수 있게 해 주는 건 쉬운 일이 아니었다. 하라에게는 선택의 여지가 없었다. 리온과 지내면서 돌아갈 방법을 찾는 수밖에. 그러려면 리온의 제안을 따라야 했다. 방학 동안 리온이 하고 있는 아르바이트에 하라는 어쩔 수 없이 끌려 나갔다. 하라와 리온이 처음 만났던 곳, 벽화가 있고 수많은 병아리들이 울어 대던 그곳으로.

"병아리 감별? 그게 뭔데?"

병아리 감별장으로 가던 첫날, 하라가 물었다. '병아리 감별사'라는 직업은 책에서 얼핏 본 적이 있었다. 해외로 나간 한국인 근로자들에 관한 부분이었는데, 자세히 읽지 않아 확실하게 알지는 못했다.

"정확히는 성 감별인데, 막 알에서 나온 병아리를 암컷과 수컷으로 분리하는 일이야."

리온이 설명해 주었다. 암평아리는 알을 낳을 수 있는 조건에서 따로 길러진다는 뜻이었다.

"그럼 수평아리는?"

하라의 질문에 리온은 잠시 머뭇거리다 사실대로 말했다. 수평아리의 운명에 대해서.

설명을 듣고 하라는 충격을 받았다. 여태 수평아리도 그대로 키워져 닭이 되는 줄 알고 있었다. 수컷은 태어나자마자 인간의 손에 의해 분류되고, 바로 죽음을 맞아야 한다는 걸 받아들이기 어려웠다.

"왜 하필 이런 데서 일을 해?"

하라는 말하면서 인상을 썼다. 냄새나고 지저분한 데다가, 수평아리를 생각하니 암울하기 짝이 없었다. 하지만 묻고 나서 하라는 곧 후회했다. 리온의 형편에 그림 재료를 넉넉하게 살 수는 없을 터였다. 쉽게 일자리를 구할 수 있는 나이도 아니었다. 돈을 벌기 위해서 리온이 직접 그린 그림을 내다 팔기까지 한다는 말이 뒤늦게 떠올랐다.

"그나마 브루노 할아버지 덕분이야. 너까지 받아 주는 것도 그렇고."

리온은 약간 불퉁거리며 대답했다.

오랫동안 감별사로 일한 브루노 할아버지의 지도와 한국인이 많은 작업장의 특성 덕분에 리온은 겨우 감별을 돕는 아르바이트를 할 수 있게 된 거였다. 그런데 문제는 어느 정도 일이 손에 익은 리온과 달리 하라는 이 일에 전혀 관심이 없다는 거였다. 감별장에 있는 한국인 어른을 보면 아무나 붙잡고 뜬금없이 제 얘기를 꺼냈다. 바쁜 와중에 터무니없는 말을 주의 깊게 듣는 사람은 없었다. 보다 못한 리온이 하라를 구석으로 데려갔다.

"나까지 쫓겨나게 할 셈이야?"

리온의 말에 하라는 그제야 입을 다물었다. 무턱대고 얘기해 봤자 도움이 되지 않는다는 걸 이미 하라도 겪어서 알고 있었다.

시간을 두고 방법을 찾기로 했고, 리온을 봐서 버티고는 있지만 하라는 병아리를 만지는 것조차 버거웠다. 움직이는 병아리를 잡는 건 하라에게 보통 일이 아니었다.

"여기를 누르라고."

리온은 목소리를 한껏 낮추며 병아리의 배를 가리켰다.

"못 하겠어."

병아리를 만지는 것도 서툰데 배를 누르라니, 하라는 영

자신이 없었다. 잘못하다가는 손끝에서 병아리가 죽을 것만 같았다. 감별사들이 본격적으로 성별을 구분하는 작업을 하기 전에, 안에 든 배내똥을 빼내는 일이 리온이 하는 일이었다. 금방 알을 깨고 나온 병아리의 배 속에 똥이 있다는 것도, 감별 전에 이런 과정을 거치는 것도 하라는 이해가 가지 않았다. 아무것도 하고 싶지 않았고 할 수도 없었다. 왜 이곳에 있는지, 여기서 이런 일을 해야 하는지 받아들일 수 없었기 때문에 새로운 일을 배워 나가는 건 하라에게 무리였다.

결국 리온의 일을 하라가 망쳐 놓았다. 작업 속도도 더디고 연달아 실수를 하는 데다가, 하라가 계속 구역질을 하고 비명을 지르는 통에 다니엘은 둘을 호되게 질책하고 앞으로 청소만 맡으라는 지시를 내렸다. 하라는 다행이라고 안도했고 리온은 실망스러워했다. 하루빨리 실력을 키워 감별까지 하는 게 리온의 목표였는데, 오히려 하던 일마저 놓치게 되었다. 리온은 당장 하라를 원망할 수도 없어 긴 한숨만 내쉬었다.

병아리 똥을 빼는 작업에 비하면 하라에게 청소는 그나마 수월했다. 아주 힘든 일을 겪고 나니 지금 힘든 건 한결 괜찮은 느낌이었다. 그렇다고 계속 이렇게 지낼 수는 없었다. 안도감이 다가올 때마다 하라는 마음을 다잡았다.

돌아가서 가장 먼저 할 일도 계획해 두었다. 전부 버리는 것. 그림과 관계된 것들을 하라는 모조리 치울 작정이었다. 그간 그렸던 그림도 버릴 것이다. 아깝지 않았다. 그림을 그리지 않겠다고 주변 모두에게 알린 뒤에 그동안 품었던 세계를 완전히 떠날 거라고 결심했다. 그림을 그리지 않았다면 입시를 치를 일도, 남들보다 일찍 실패를 경험할 일도 없었을 테고, 프랑크푸르트에 올 이유와 지금처럼 난감한 상황에 처할 일도 생기지 않았을 것이다.

하라에게 돌아갈 이유는 어느덧 하지 않기 위해서가 되었다. 다시는 그리지 않기 위해서, 그리지 않겠다고 말하기 위해서.

그러려면 우선 돌아갈 길을 찾아야 했다. 어딘가를 뚫고 왔다면 흔적이 있지 않을까. 길이 닫히지 않았다면 보이지 않을까. 설령 닫혔다고 하더라도 열어야 했다. 어떻게든 찾아야 했다. 그래야 모든 게 원래의 자리로 돌아갈 수 있다.

대걸레를 밀면서 하라는 깊은 고민에 빠졌다. 지나간 일을 하나씩 떠올렸다. 단서는 틀림없이 그 안에 있을 것이다. 이 일이 시작된 지점.

"가장 가능성 있는 방법은……."

걸레질을 멈추고 하라가 입을 열었다. 그러면서도 다음

말을 망설였다. 양동이에 대걸레를 담근 채 리온은 하라의
얼굴을 살폈다.

"혹시, 너…… 그 생각 하는 거야?"

리온은 짐작으로 물었다. 하라는 대답하지 않았지만, 리온
은 이미 하라의 뜻을 알아차렸다.

보이지 않는 시간

　그날의 상황을 똑같이 만드는 것. 그게 하라가 떠올린 방법이었다. 사고가 났던 시간에 맞춰 하라와 리온은 중앙역으로 가는 중이었다.

　"뭘 어쩌려는 건데?"

　리온은 하라의 앞을 막아섰다. 무모한 일을 하는 걸 두고 볼 수 없었다.

　"시작된 자리에서부터 찾아보려는 거야."

　하라는 애써 태연한 표정을 지었다.

　"하지만……."

　리온의 걱정스러운 얼굴을 뒤로하고 하라는 성큼 앞서 걸었다.

복잡한 승강장에 이르러 하라는 숨을 가다듬었다. 몇 걸음 떨어진 위치에서 선로를 내려다보았다. 주변에 특별한 점은 보이지 않았다. 멀리 뻗어 있는 선로도, 허공을 가르고 내려오는 햇살도 모두 평범했다. 그날, 이곳에서 일어난 일 중 어떤 게 원인이 되었을지 짐작이 가지 않았다.

하라는 그때의 감각을 불러오려고 했다. 그러면서도 선뜻 움직일 수는 없었다. 지금 있는 곳이 어디쯤인지 알 수 없어 용기가 나지 않았다. 막상 그 문을 통과했을 때, 원래의 세계가 아닐지도 모른다는 걱정이 불현듯 하라를 에워쌌다. 혹시 여기도 저기도 아닌 또 다른 곳으로 넘어가서 지금보다 훨씬 난감한 상황에 처하게 되는 건 아닐까. 가 본 적 없는 세상과 시간 속으로 옮겨 가지 않을 거라고 장담할 수 없었다. 이곳에 오기 전에는 이곳을 상상할 수 없었던 것처럼. 더 먼 곳으로 가 버릴 것 같은 기분이 들자 하라는 두려움이 밀려왔다.

옆에 있는 리온을 보았다. 리온 역시 작은 실마리라도 찾기 위해 분주하게 시선을 움직였다. 서로 만나지 않았더라면 리온은 여느 때와 같은 하루를 보냈을 것이다. 이 시간에 여기에 올 이유도 없었다. 하라도 마찬가지였다. 각자의 삶으로 흘러갔을 시간이 어째서 하나로 모아졌을까. 이대로 계속 뻗어 나가는 건 아닐까.

하라는 질끈 눈을 감았다가 떴다. 어떤 일이 닥칠지 모르지만, 아무것도 하지 않고 마냥 기다리고만 있을 수는 없었다. 결심을 굳혀 앞을 바라보았다. 보이지 않는 문이 있는 건 아닌지 선로에 내려가 확인하고 싶었다. 조금만 걸어가면 그토록 찾던 길이 나타나기를 바랐다.

이윽고 멀리 열차가 보였다. 탑승을 위해 모여드는 사람들의 분주한 발걸음, 웅성거림, 열차가 오는 소리가 전해지면서 하라의 심장은 걷잡을 수 없이 뛰었다.

용기를 내어 한 발을 움직였다. 선로, 열차 그리고 회색 눈동자의 남자. 하라는 주변을 두리번거렸다. 회색 눈동자의 남자도 여기에 있는 건 아닐까. 어딘가에서 지켜보고 있다가 이번에도 결정적인 순간에 나타나지 않을까.

그사이 열차는 훌쩍 가까워졌다. 선로 가장자리까지는 이제 두어 걸음이 남았지만, 하라는 다리가 심하게 떨려 움직일 수가 없었다. 점점 다가오는 열차를 바라보던 하라는 마침내 다른 한 발도 주춤 내밀었다. 그때처럼 늦지 않게 열차를 피하면 된다고 생각하면서도 두려움은 가시지 않았다.

하라가 또다시 한쪽 발을 떼었을 때, 뒤에서 리온이 하라의 팔을 낚아채 끌어당겼다. 역무원이 물러서라며 소리를 지름과 동시에 열차의 경적이 울렸다. 하라는 반사적으로 몸을 웅크리며 주저앉았다. 귀를 막고 눈을 감았다.

"야, 괜찮아?"

리온이 하라의 어깨를 잡고 흔들었다. 하라는 그제야 눈을 떠 리온의 얼굴을 보았다. 열차가 지나가며 일으킨 바람에 리온의 곱슬머리가 흩날렸다. 이마가 드러난 리온의 얼굴은 처음 보았다. 불안하게 흔들리는 리온의 눈동자와 표정에서 하라는 자신의 얼굴을 보았다. 서로 닮았다는 사실을 인정하고 싶지 않았다. 인정하는 즉시 둘의 궤도가 한없이 꼬여 원래 있던 자리로 영원히 돌아가지 못할 것만 같았다.

"못 하겠어. 도저히……."

무섭다는 말을 하라는 겨우 삼켰다.

"이건 아니야, 진짜."

리온도 세차게 고개를 내저었다.

중앙역을 나와 걸어가는 동안 하라와 리온은 말이 없었다. 하라는 약한 면을 보인 게 부끄러웠고, 리온은 어느새 하라의 말을 믿고 있다는 걸 깨달았다. 거짓이라기에는 하라의 바람이 너무나 간절해 보였고, 그런 일을 꾸밀 이유도 없었다.

각자의 생각에 빠져 둘 다 선뜻 입을 열지 않고 묵묵히 걷기만 했다.

"분명 방법이 있을 거야."

리온이 먼저 하라를 위로했다.

"회색 눈동자의 남자를 찾아야 해."

"얼굴도 잘 모른다며."

"눈동자는 정확히 기억해."

리온은 실망한 기색으로 무슨 말을 하려다가 그만두었다.

하라는 회색 눈동자의 남자에게 희망을 걸었다. 이곳으로 오기 직전에 그 남자와 몸이 닿아 있었다. 그도 이곳에 있다면, 그래서 그를 찾을 수만 있다면 반드시 무슨 수가 있을 것이다. 위험을 무릅쓰고 하라를 구해 준 건 다름 아닌 그 사람이었다. 그 또한 위험한 상황이었는데 그걸 감내한 이유가 무엇이었을까. 하지만 지금의 상황도 어쩌면 그 사람 때문에 생긴 건지 모른다. 어떻게든 그를 만나야 하는 이유였다. 순식간이었지만 하라는 그의 눈을 똑똑히 보았다. 다시 만난다면 단번에 알아볼 수 있었다.

하라와 리온은 어느덧 마인강 변에 이르렀다. 강바람이 볼을 스쳤고, 하라의 떨리던 가슴도 차차 잦아들었다. 강변은 평화로웠다. 차가운 바람을 뚫고 조깅을 하거나 한가롭게 산책을 하는 사람들도 있었다. 걸어가면서 하라는 사람들의 눈을 보려고 했지만, 스쳐 가는 사람들의 눈동자를 들여다보는 건 쉬운 일이 아니었다.

강변에 서자 하라는 엄마와 함께 있던 일이 떠올랐다. 프랑크푸르트에 머무는 동안 유일하게 여유로운 시간을 가졌던 날이었다. 엄마와 아이제르너 다리를 건너 강가를 따라 걸었다. 슈테델 미술관으로 가던 길에 엄마는 여러 번 멈춰서서 강 너머를 바라보았다. 문득 하라는 그때 엄마가 무슨 생각을 했을까 궁금해졌다. 무심히 엄마의 뒤를 따라갔던 그날의 일들이 강물처럼 흘러갔다.

미술관에는 엄마가 말한 대로 유명 화가들의 그림이 많았다. 하라는 이어폰을 타고 흘러나오는 해설을 건성으로 들었다. 남이 해 주는 설명에는 별 관심이 없었다. 무작정 눈길을 끄는 작품 쪽으로 갔다. 뭉크의 그림 앞에 한참을 서 있었다. 부드러운 터치와 따뜻한 색채를 지닌 르누아르의 그림은 언제 보아도 좋았다. 책에서는 보지 못했던 르누아르의 조각품도 마주할 수 있었다.

루소가 그린 길의 풍경이 하라의 발길을 잡았다. 단조로운 듯 보이는 화풍이 독특했다. 초록색 나무를 배경으로 한 방향으로만 향한 길과 한없이 느긋해 보이는 사람들이 오래 도록 하라의 시선을 끌었다. 아주 먼 과거의 어느 날, 화가는 어떤 마음으로 이 길을 그렸을까. 하라는 가만히 그 길을 따라 걷는 상상에 빠졌다.

미술관에서 그림을 감상하던 일이 불과 얼마 전이었다. 전혀 다른 상황이 되어 마인강에 서 있게 될 줄 하라는 짐작도 하지 못했다. 이런 일이 생기지 않았더라면 추억이 되었을 장소가 지금은 악몽이 돼 버렸다.

서울에 도착한 엄마는 감쪽같이 사라진 아들의 소식을 들었을 게 틀림없었다. 아빠도 알게 되었을 것이다. 엄마와 아빠가 프랑크푸르트에 와 있을 수도 있다. 대사관에서도 찾고 있을까, 뉴스에 보도된 건 아닐까, 사람들은 이 일을 어떻게 받아들일까. 궁금한 건 많지만 하라는 아무것도 확인할 수 없었다.

엄마 아빠가 처음 만나고, 하라가 태어나 어린 시절을 보낸 곳. 떠난 후로 한 번도 찾아온 적이 없던 곳. 다시 오지 않았던 데에 특별한 이유가 있는 건 아니었다. 오히려 아무런 이유가 없어서였는지도 모른다. 엄마 아빠는 지난 시간을 돌아볼 여유가 없었다. 앞으로 나아가기에도 시간은 부족했다. 하라도 엄마 아빠가 이끄는 길을 따라가느라 다른 걸 살필 겨를이 없었다.

그러는 동안 하라의 기억에서 과거의 일은 점차 뒤로 물러났다. 가끔은 떠오르기도 했다. 엄마 아빠의 손을 잡고 걸었던 공원, 아빠와 공을 던지며 놀았던 마을 어귀, 때때로 불러 주던 부모님의 노랫소리가.

'햇빛은 나뭇잎 새로 반짝이며 우리들의 노래는 즐겁다.'

노랫말이 울려 퍼지던 장소가 혹시 이곳은 아니었을까. 하라가 기억하지 못하는 어느 날, 어린 하라는 엄마 아빠와 강변을 거닐며 행복한 시간을 보냈는지도 모른다. 하라는 그 순간들을 꺼내 보고 싶었다. 무심코 흘려보냈던 시간, 아무런 의미도 없다고 여긴 날들이 하나둘 하라의 머릿속을 스쳤다. 그 시간이 돌아갈 수 없는 세계처럼 느껴져 간절하게 그리워졌다.

SNS만 할 수 있어도 금방 해결될 것 같았다. 누군가는 믿어 줄지도 모르고, 어쩌면 회색 눈동자의 남자를 찾을 수도 있을 테니까. 하지만 이곳에서는 전부 소용없는 일이었다. 꼬여 버린 세계를 바로잡을 수 있는 방법을 하라는 찾을 수가 없었다.

"리온 오빠!"

갑자기 들려온 소리에 하라는 생각을 멈추었다. 뒤를 돌아보자 여자아이가 양손을 크게 흔들고 있었다. 여자아이를 본 리온의 표정도 금세 밝아졌다.

여자아이가 웃으며 뛰어왔고, 한 할아버지가 그 뒤를 느린 걸음으로 따라왔다. 큰 덩치에 약간 굽은 등, 머리카락과 수염은 하얗게 세어 있었고 팔에는 깁스를 한 채였다. 할아버지는 다가와서 리온의 코를 살짝 잡았다가 놓았다. 리온은 코 밑을 훔치며 웃었다. 그들은 서로 스스럼없이 가까워 보였다.

"리온, 잘 지냈니?"

"네, 할아버지."

할아버지의 시선이 닿자 하라는 쭈뼛거리며 고개를 숙였다.

"브루노 할아버지랑 손녀 안나야."

리온이 하라에게 말하고는 두 사람에게도 하라를 친구라고 소개했다. 이웃에 산다는 브루노 할아버지에 대해서는 하라도 알고 있었다. 병아리 감별사로 일하면서 리온에게 도움을 주었다는 말이 기억났다. 감별장에서 할아버지를 볼 수 없었던 건 한쪽 팔에 두른 깁스 때문이었다.

안나는 한 손을 들어 하라에게 인사했다. 단정한 단발머리와 동그란 안경, 양 어깨에 멘 두툼한 가방까지 겉모습에서부터 범상치 않은 분위기를 풍기는 아이였다. 모범생이라는 단어가 사람으로 형상화된다면 이럴까. 하라는 짧은 시간에 안나가 어떤 아이인지 추측했다. 검은 머리칼에 검은 눈동자를 가진 한국 아이라 반가운 마음이 앞섰지만, 할아버지와는 전연 다른 안나의 겉모습에 조금 놀랐다. 두 사람이 피 한 방울 섞이지 않은 사이라는 건 누구라도 알아챌 수 있었다. 하라는 둘의 관계를 설명한 리온의 말이 무슨 의미인지 이해되지 않았는데, 안나는 오히려 그런 하라를 신기하게 보았다.

"근데 둘이……."

안나는 안경을 추어올리고는 하라와 리온을 손가락으로 번갈아 가리켰다. 브루노 할아버지는 눈이 좋지 않아 눈치채지 못했지만, 안나는 바로 알아보았다. 하라와 리온이 마치 일란성 쌍둥이처럼 닮았다는 것을.

"할아버지, 아빠가 오면 찾아뵐게요. 팔도 하루빨리 나으세요."

리온이 낌새를 느끼고, 하라에게 어서 가자는 눈짓을 보내며 말했다. 브루노 할아버지는 그러자 하고 인사를 받았지만, 안나는 그냥 넘어가지 않았다.

"우리도 그쪽으로 갈 건데."

안나가 따라오려고 하자, 리온은 냉큼 방향을 바꾸었다.

"아 참, 이쪽인데 깜빡했네. 안나야, 다음에 보자."

리온은 서둘러 걸음을 옮겼다. 하라는 리온에게 끌려가다 시피 했고, 안나는 자리에 서서 둘의 뒷모습을 지켜보았다.

"안나한테는 비밀로 하는 게 좋겠어. 쟤가 알면 좀 피곤할 수도 있거든."

리온이 속닥거리며 뒤를 흘끗거렸다. 그때까지 안나가 시선을 거두지 않은 걸 보고 리온은 더욱 걸음을 빨리했다.

집에 도착하고 난 뒤에 리온은 안나를 피한 이유를 알려 주었다.

"문제가 해결될 때까지 잠도 안 자고 매달리는 애야. 네 일에 관해서도 뭐든 캐내려고 들 거야."

외투를 던져 놓으며 리온이 말했다. 그 말에는 안나에 대한 걱정도 담겼지만, 지금의 상황이 쉽게 해결되지 않을 거라는 의미도 느껴져 하라는 절로 한숨이 새어 나왔다.

"근데 안나는…… 할아버지랑 안 닮았네."

하라가 넌지시 묻는 말에 화구를 정리하던 리온이 동작을 멈추었다.

"아, 그렇지."

리온은 그제야 깨달았다는 표정을 지었다.

안나가 브루노 할아버지와 지내기 시작한 건 네 살 때였다. 안나는 세 살에 입양되었지만, 입양된 가정에서 오래 지내지 못했다. 양부모는 이웃인 브루노 할아버지에게 안나를 잠시만 맡아 달라고 부탁을 하고서 홀연히 자취를 감추었다. 작은 아이를 두고 어쩔 줄 몰라 하던 브루노 할아버지는 평소 가깝게 지내던 한국인 부부를 찾아갔다. 리온의 부모님은 다급하게 도움을 청하는 할아버지와 처음 보는 아이를 따뜻하게 맞아 주었다.

"엄마 아빠한테 느닷없이 딸이 생긴 순간이었지."

리온도 그때를 정확하게 기억하고 있었다. 겁에 질린 채 소리 내어 울지도 못하던 아주 작은 아이를.

안나가 브루노 할아버지와 살게 된 뒤로, 두 가족은 전보다 깊은 유대를 가지게 되었다. 서로 도움을 주고받으며 안나가 안정을 찾고 커 나가는 과정을 함께 지켜보았다. 하라에게 이 이야기를 먼저 하지 않은 건 리온도 잊고 있었기 때문이다. 안나와 브루노 할아버지가 가족이라는 사실은 리온에게 너무도 당연해 다른 사람에게 설명할 필요를 느끼지 못했다. 하라의 질문을 받고서야 리온은 새삼스레 작고 어렸던 그때의 안나를 떠올렸다.

안나는 리온보다 두 살 아래지만 또래들과는 많이 달랐

다. 닥치는 대로 책을 읽고 여러 나라 말로 의사소통이 가능할 정도로 언어에 뛰어났지만, 이따금 종잡을 수 없는 말과 행동으로 사람들을 의아하게 만들었다. 남의 시선 따위 아랑곳하지 않고 자기 관심사에 집중하는 아이, 리온의 그림을 좋아하는 열혈 팬이자 리온에게는 친동생 같은 아이.

"예전에는 안나랑 만나기만 하면 싸웠거든. 잘 놀다가 말도 안 되는 이유로 고집부리고 화내고. 근데 엄마가 돌아가셨을 때…… 우린 똑같이 울었어."

리온은 덤덤하게 말하며 그림에 마커로 색을 입히기 시작했다. 오랜만에 과거를 들추어서일까. 리온이 그리는 선에 자꾸 힘이 들어갔다. 리온은 그리던 걸 내려놓고 손을 털었다. 무거운 마음을 떨쳐 내기라도 하듯이.

하라는 벽에 걸린 리온의 가족사진을 보았다. 곧 시선은 탁자 위 그림으로 옮겨 갔다. 그림에는 엄마 아빠의 손을 잡은 리온이 있었다. 사진과 그림에서 세 식구는 활짝 웃고 있다. 가족을 그리는 리온과 곁에서 그런 리온을 흐뭇하게 바라보는 부모님의 모습이 하라의 눈에 보이는 듯했다.

리온의 엄마와 아빠는 비슷한 시기에 독일로 건너온 근로자였다. 아빠는 광부로, 엄마는 간호사로 일했다. 독일로 간 한국인 근로자들의 이야기는 수업 시간에 들어서 하라도 잘 알고 있었다. 하라가 있는 곳과 이곳에서 벌어진 일들이 시기는 조금씩 다를지라도, 그들이 낯선 땅에 발을 디뎠던 이유는 같았을 것이다.

리온의 가족사진을 보다가 하라는 엄마 아빠를 떠올렸다. 각자 유학을 왔다가 우연히 만나게 된 스토리가 리온의 부모님이 만난 사연과 닮아 있었다. 결혼을 하고 프랑크푸르트에서 지내면서 하라와 리온이 태어난 시기도 겹쳤다. 리온의 엄마가 사고로 세상을 떠난 때와 하라네 가족이 한국으로 돌아간 것 역시 비슷한 시점이었다. 같은 시간을 달리던 두 세계는 각각의 방향으로 나아갔다. 하라와 리온의 세계는 그렇게 만들어졌다.

조금씩 벗어나 있지만 미묘하게 얽혀 있는 시간들이 하라는 신기하면서도 두려웠다. 두 세계는 정말 아무런 연관도 없이 흘러왔던 건지, 지금껏 지나온 시간은 과연 온전한 하나의 것이라 할 수 있는지, 어지러운 질문들이 하라의 머릿속을 가득 채웠다. 그동안 지나온 길과 앞으로 가야 할 길까지 하라는 전부 다른 사람의 삶인 것 같은 기분마저 들었다.

하라는 자신이 리온과 같은 상황이었더라면 어땠을지 확신이 서지 않았다. 그 슬픔을 감당할 수 있었을까. 셋이던 가족이 둘이 되었을 때의 상실감을 안고, 곳곳에 묻어 있는 그리움 속에서 그림을 그리며 지낼 수 있을지 하라는 자신이 없었다. 재료도 부족하고 장소도 안락하지 않아 그림에만 집중하기도 어려운 환경이었다. 만약 리온과 같은 시간을 겪었더라면 애초에 그림은 시작조차 하지 못했을 거라고 생각하자, 하라는 괜스레 움츠러들었다. 그러면서 궁금했다. 리온을 버티게 하는 건 무엇인지, 리온이 정말 바라는 건 또 무엇인지.

사각사각. 종이 위를 움직이는 마커 소리에 하라는 생각을 멈추고, 액자에서 시선을 돌렸다. 리온은 입을 다물고 그림에만 열중해 있었다. 하라는 옆에 앉은 리온을 물끄러미 바라보았다. 앞머리가 흘러내려 리온의 얼굴이 반 정도 드러나 있었다.

'그림을 그릴 때 난 어떨까.'

하라는 머릿속으로 제 모습을 그려 보았다. 얼굴 표정, 자세 그리고 눈빛. 하라의 시선이 리온의 눈으로 향했다. 머리카락 사이로 언뜻언뜻 보이는 검은빛의 눈동자.

'나랑 달라. 난…… 저런 눈빛을 한 적이 없어.'

하라는 정확하게 깨달았다. 리온과 자신은 너무도 다르다는 것을. 리온에게 스스로를 투영하려고 해도 완전히 그 안으로 겹쳐질 수 없다는 걸. 리온은 언제 어디서든 무엇도 개의치 않고 원하는 걸 그렸다. 하라는 그 점이 부러웠다. 자신에게는 없는, 리온이 가진 그 열정이.

하라는 넋을 놓고 있다가, 리온이 문득 고개를 들자 황급히 자리에서 일어났다.

"그려 볼래?"

갑작스러운 리온의 물음에 하라는 당황했다. 리온은 스케치북과 마커를 챙겨 하라 앞에 섰다. 그러고는 어서 받으라는 듯 하라에게 들이밀었다. 리온은 그동안 여러 번 하라의 마음을 읽었다. 원하고 갈등하고 숨기는 표정이 이따금씩 드러났다. 하라가 솔직해진다면, 그래서 한 발 더 다가갈 수 있다면, 하고 리온은 생각했다.

그사이 하라도 갈등이 일었다. 리온이 내민 걸 받아서 그림을 그린다면 어떤 걸 그리면 좋을까. 아니, 그릴 수 있기나 할까.

얼마간의 침묵이 흐른 뒤에 하라가 실소를 흘렸다.

"내가 왜……."

하라가 말끝을 흐리며 리온의 팔을 툭 쳐 냈다. 그 바람에 리온이 들고 있던 것들이 바닥으로 쏟아졌다. 그럴 의도는 아니었기에 하라도 놀랐다. 호의를 가진 제안에 거친 반응을 보이고 말았다. 리온이 씁쓸한 얼굴로 스케치북과 마커를 챙기는 동안 하라는 머뭇거리다 방으로 들어왔다.

방문을 닫고서야 하라는 후회했다. 떨어진 걸 주워 줬어야 했는데, 사과를 했어야 했는데. 못 그린다고, 안 그린다고 하고 넘어가도 됐을걸. 하라는 가만히 벽에 기대섰다. 아무렇지 않게 넘길 수 있는 일을 너무 과민하게 받아들였다.

리온이 건넨 걸 받았더라면 어땠을까. 하라는 곧 고개를 저었다. 그리고 싶은 게 없었다. 잘 그릴 자신도 없었다. 잘하지 못할 바에는 안 하는 게 나았다. 여기서 그림을 그릴 이유도 없었다. 돌아가면 다 그만두기로 했으니까. 가자마자 할 일은 전부 버리는 일일 테니까.

그런 얘기들을 하라는 하지 못했다. 하고 싶지 않았다. 리온은 이해하지 못할 것이다.

'넌 아무것도 모르잖아. 내가 뭘 그렸었는지, 어떤 일이 있었는지. 내 마음이…… 어땠는지.'

리온의 제안을 거절하길 잘했다는 생각을 하면서도 하라의 마음은 좀체 가벼워지지 않았다.

아무도 인정하지 않는 그림의 주인공

하라는 흘끗 시계를 쳐다보았다. 소묘 종료까지 남은 시간은 십 분. 정물을 배치하면서 스케치를 하고 큰 명암을 넣어 흐름을 잡았다. 세부 묘사를 이어 가다 보니 시간은 훌쩍 지나 있었다. 남은 시간 동안 완성도를 높일 수 있는 마무리를 해야 한다. 시간이 부족했다. 구성을 잘못 잡은 걸까. 빛 표현이 부자연스럽나. 되돌릴 수 없는 지점들이 불안하게 거슬렸다.

신경 쓰지 않으려고 해도 주변 아이들의 그림이 눈에 들어왔다. 잘하는 아이, 그 옆에 더 잘하는 아이. 하라의 몸에서 힘이 쭉 빠져나갔다. 육상 선수가 마지막 지점을 앞에 두고 스퍼트를 올리듯이, 마무리에 온 힘을 기울여야 하는데 집중력이 흐트러졌다. 손이 의미 없이 움직였다.

"시간 얼마 안 남았다."

뒤에 있는 선생님이 재촉하고 나섰다.

미술 학원 연합시험은 실제 상황이나 마찬가지였다. 다들 같은 목표를 가지고 있지만, 지원할 수 있는 학교는 한정되어 있기 때문에 지금 옆에 있는 아이가 시험 당일 경쟁자가 될 가능성이 컸다. 누군가는 합격하고 누군가는 떨어지고, 누군가는 웃고 누군가는 울고. 결과에 따라 앞으로 삶의 방향도 바뀔 수밖에 없었다.

예술 고등학교에 진학하려는 아이들 중 상당수가 예술 중학교 출신이었다. 그 아이들 사이에서 하라는 이미 뒤처진 기분이었다.

부모님은 하라가 공부에 전념해서 사촌들처럼 의대에 가기를 바랐다. 하라가 그림을 좋아하는 걸 대수롭지 않게 여겼고, 그림은 취미로 충분하다고 했다.

"의사는 병을 고치면서 그림을 그릴 수 있지만, 화가는 그림은 그려도 사람을 치료하지는 못하잖아."

아빠의 말에 엄마도 동의했다. 하지만 엄마 아빠의 생각은 틀렸다.

'화가도 사람을 치료할 수 있어요.'

하라는 속으로 말했다. 고흐가 그린 '별이 빛나는 밤'을 보면서, 그가 동생 테오에게 썼던 편지를 읽으면서, 하라의 가슴이 울렸던 걸 엄마 아빠는 알지 못했다. 쓸쓸하게 밤거리를 거닐었을 화가의 모습과 집에 돌아와 그대로 잠들지 않고 또 이젤 앞에 앉았던 그 마음이 느껴져, 가슴 한편이 아려 오는 걸 하라는 일일이 설명할 수가 없었다. 그건 의사가 주는 주사나 약보다 훨씬 중요한 처방이 될 수도 있다. 그림 한장이 품고 있는 의미가 누군가에게는 작지만 중요한 위로가되기도 한다는 걸 엄마 아빠는 몰랐다.

하라가 예술 중학교에 가고 싶다고 했을 때 부모님은 한마디로 일축했다.

"중학교에 가서도 하고 싶으면, 그때 다시 생각해 보자."

하라의 고집이 꺾이지 않자 엄마 아빠도 한발 물러났지만, 하라 역시 양보할 수밖에 없었다. 당장 그림을 그만두라고 하지 않는 것만도 다행인지 모른다고 생각하면서.

중학생이 된 뒤로도 하라는 변하지 않았다. 틈나는 대로친구들을 그리고, 주변 풍경을 스케치했다. 수업 시간에 하라가 선생님 얼굴을 그린 걸 친구들이 돌려 보다가 들킨 적이 있었는데, 선생님은 하라를 혼내기는커녕 실물보다 낫다며 에둘러 칭찬했다.

하라는 그림을 놓고 싶지 않았다. 그릴수록 욕심이 생겼다. 잘할 수 있을 것 같았고, 잘하고 싶었다. 그런 갈망과 자신감은 처음이었다. 예술 고등학교에 가고 미대에 진학하고 싶었다. 그림 이외에 다른 일을 하는 건 떠올릴 수 없었다.

중학교는 포기했지만, 고등학교는 어떻게든 원하는 곳으로 가겠다고 결심을 굳혔다. 하라는 끊임없이 엄마와 아빠를 설득했는데, 확고했던 부모님의 태도가 바뀌는 데 결정적인 역할을 한 건 주변 사람들의 권유였다.

"차 교수 말이 네 실력이 괜찮다더라."

아빠의 말에 하라는 허탈해졌다. 긴 시간 하라가 보여 준 노력보다 엄마 아빠는 다른 사람들의 말을 더 신뢰했다. 미술 선생님의 적극적인 추천, 아빠와 같은 학교에 있는 동료 교수의 조언이 크게 작용했다. 그냥 두기에는 아까운 실력이니까, 그림을 그릴 수 있게 지원해 줘야 한다는 의견에 부모님은 그예 결정을 내렸다. 그 대신 그림에 임하는 자세가 예전과 달라야 한다는 조건을 붙였다. 하라가 선택할 수 있는 건 둘 중 하나였다. 그림을 포기하든지, 아예 진로로 정해 밀고 나가든지. 당연히 하라는 후자 쪽이었다.

"앞으로는 딴생각 말고 확실히 해. 이제부턴 취미가 아니야."

이상했다. 아빠의 말은 분명 허락이었는데 기쁘지 않았다. 간절하게 기다려 온 말이었는데 도리어 마음이 가라앉았다.

엄마는 하라의 책상에 있는 것들을 싹 치우고 모든 걸 바꾸었다. 스케치북부터 연필, 물감 같은 재료가 전부 새로 준비되었다. 이왕 하는 거 제대로, 그게 핵심이었다.

"종료! 자, 끝났다. 지금 해 봤자 달라지지 않아."

세 시간을 정확히 채우고 나서 선생님이 말했다. 선생님의 말에도 몇몇 아이들은 연필을 놓지 않았다. 자리에서 일어선 채 마지막까지 연필을 잡고 있는 아이들도 있었다. 의자가 밀리고 그림을 제출하면서 실내가 소란스러워졌다. 하라도 그림을 떼어 냈다. 나쁘지는 않았지만 만족스럽지도 않았다. 어떤 평가가 나올지 걱정스러웠다.

상연이의 그림은 멀리서도 눈에 띄었다. 누가 봐도 좋은 점수를 받을 수 있는 실력이었다. 상연이는 그림을 제출하고 자리를 정리했다. 다른 아이들과 웃으며 얘기하는 얼굴이 홀가분해 보였다. 예술 중학교에서 실기는 물론 성적까지 최상위권에 드는 아이였다. 친구도 많았다. 학교에서 하는 레슨에 학원까지 다녔다. 예술 중학교 아이들이 학교에서도 실기 레슨을 받는 동안, 하라는 일반 교과 수업을 들어야 했다. 그걸 인식할 때마다 하라는 뭔가에 쫓기는 것만 같았다. 실기가 다는 아니지만, 실기는 결과가 그대로 눈에 드러났다. 옆에 있는 아이보다 그림이 부족하다고 느껴지는 건 성적이 떨어졌을 때와는 차원이 다르게 견딜 수 없는 일이었다.

상연이와 친구들이 하라의 곁을 지나갔다. 같은 학원에 다니면서도 하라는 상연이나 그 무리들과 별로 말을 섞지 않았다. 마주치면 대강 인사를 나누는 것 외에 다른 애들과 이야기를 나눌 여유조차 없었다. 학원에서는 진즉에 부류가 나뉘었다. 예술 중학교 아이들과 나머지 아이들. 하라는 나머지 중에서도 나머지였다. 다른 교과 학원까지 다니느라 미술 학원에서는 친구를 사귈 틈이 없었다. 어디에도 끼이지 못했다. 이미 만들어진 그룹 사이로 들어가고 싶지도 않았지만, 그럴 기회조차 보이지 않았다. 말없이 그림을 그리다가 시간이 되면 뒤도 돌아보지 않고 가는 아이가 바로 하라였다. 어느 순간부터 하라는 아이들과 몇 마디 말을 주고받는 것도 어색해져 어느 곳에도 눈길을 주지 않았다. 다른 아이들도 하라에 대해서 그러려니 여기는 듯했다.

그림에 대한 평가는 두 시간 뒤에 나올 예정이었다. 점심을 먹고 들어가면 점수가 매겨진 그림이 기다리고 있을 것이다. 하라는 앞에 놓인 음식에 선뜻 손이 가지 않았다. 지난번 연합시험에서 최고점을 받았지만, 그걸 유지하는 것도 중요했다. 그래야 흔들리지 않을 테니까. 그렇게 차츰 스며들어 가야 했다. 누구도 이의를 제기하지 않게, 누구도 인정할 수밖에 없게.

하라가 막 젓가락을 들었을 때 상연이와 친구들이 식당 문을 열었다. 아까 분명 먼저 나가는 걸 봐서 다른 식당으로 간 줄 알았다. 그냥 일어나서 나가고 싶었지만, 하라의 앞에는 아직 입도 대지 않은 음식이 있었다. 일어서기에는 애매했다.

"어!"

맨 앞에 있던 승훈이가 하라를 보고 멈칫하다가 곧 안으로 들어왔다. 기우가 지나가며 하라의 등을 슬쩍 두드렸고, 하라는 어색하게 조금 웃었다. 다들 하라를 스쳐 우르르 몰려가더니 다른 테이블에 자리를 잡았다. 왁자지껄 시끄러운 소리가 울렸고, 하라는 아무 맛이 나지 않는 음식을 급하게 삼켰다.

"몇 프로나 되지?"

"뭐가?"

"일반 중에서 K 예고 가는 확률이."

"아주 자알, 하면 갈 수도 있겠지."

아이들의 시선이 느껴졌다. 다 꺼내지 못한 다음 말이 연상되어 하라는 주눅이 들었다. 결국 밥은 먹는 둥 마는 둥 하고 식당을 나왔다.

저 애들처럼 일찌감치 예술 중학교에 갔으면 어땠을까. 같은 목표를 가지고 고민을 나누면서 어울릴 수 있었을까. 예술 고등학교에 가서도 지금과 비슷한 분위기라면 어떻게 해야 할까. 소화가 되지 않아 하라는 가슴을 두드렸다. 다른 아이들과는 비교도 안 될 정도의 재능과 실력이 있다면, 모두의 관심을 받고 누구도 함부로 대하지 못할 것이다. 하라는 더 잘하고 싶었다. 누구보다 좋은 점수를 받고, 누구보다 눈에 띄는 실력을 가져서 다들 부러워하는 것밖에는 방법이 없었다. 그게 자신을 지킬 수 있는 유일한 길인 것 같았다.

학원에 다다라서 하라는 크게 심호흡을 했다. 그림에 매겨진 점수를 떠올리자 가슴이 진정되지 않았다. 가장 높은 점수를 받아야 했다. 그 이하는 의미가 없었다. 오늘 그림이 썩 만족스럽지 않았기 때문에 다른 때보다 한층 긴장이 되었다. 애써 정신을 가다듬고, 하라는 힘껏 문을 밀어 안으로 들어갔다.

평가는 이미 나와 있었다. 오른쪽 귀퉁이에 점수가 적힌 그림들이 등급별로 나뉘어 놓여 있었다. 상위권 점수 쪽으로 가서 하라는 제 그림을 찾았다.

'있다!'

점수를 확인하고 나서야 울렁거림이 멎고 비로소 차분해졌다. 하지만 제대로 마무리하지 못한 부분이 계속 하라의 눈에 거슬렸다. 다른 아이들 그림과 비교하자 단점은 더욱 부각되어 보였다. 상연이 그림도 높은 점수를 받았다. 최고점을 받는 게 당연할 정도로 잘 그렸다. 정해진 사물을 개성 있는 구도로 놓았고, 입체감과 생동감도 상당했다. 상연이뿐만 아니라 우열을 가리기 어려운 그림들은 많았다. 그동안 잘한다고 자부했던 일이 우물 안 개구리처럼 느껴졌다. 정말 잘 그리는 건 뭘까, 하라는 그 기준을 가늠하기 어려웠다.

"이 그림도 여기야?"

하라가 한창 다른 아이들 그림을 둘러보고 있을 때 누군가 의아한 투로 말했다. 하라는 자연스레 소리가 나는 쪽으로 관심을 두었다.

"이건 에이플러스는 아닌 것 같은데."

서넛 정도의 아이들이 그림을 내려다보며 말을 주고받았다. 아이들의 시선을 따라가다가 하라는 가슴이 내려앉았다. 기껏 다잡던 각오가 와르르 무너지고 말았다. 그림이 여러 장 놓여 있어 아이들의 눈길을 받는 그림이 정확히 무엇인지 단정 지을 수는 없지만, 하라의 자리에서 그것은 충분히 자신의 것처럼 보였다. 그 말을 한 아이들은 다른 학원에 다니고 있어 하라가 누구인지도 모르고, 하라의 그림을 본 적도 없었다.

아이들은 금방 한 말을 잊기라도 한 듯이 딴 이야기로 화제를 돌렸지만, 하라는 도망치듯 자리를 벗어났다. 누군가 알아볼 것만 같았다. 납득할 수 없는 점수의 주인공이 거기 있다고.

건물 밖으로 나와 인적이 드문 골목으로 들어섰다. 잠시 뒤면 그림에 대한 평가가 이어진다. 하라는 그 시간을 맞닥뜨리기 두려웠다. 모두의 시선이 자신에게로 쏠릴 걸 떠올리자 다시 속이 울렁거렸다. 다들 하라가 받은 점수가 잘못됐다고 할 것 같았다. 하라는 영원히 단점을 극복하지 못할 것 같았다. 아무도 인정하지 않는 그림의 주인공이 된 기분에 휩싸였다.

건물 벽을 짚고 기대섰다. 결국 좋은 점수를 받아도, 받지 못해도 하라의 마음은 똑같았다. 다 포기하고 싶었다. 당당하게 시작했던 처음과는 달랐다. 그만둔다고 하면 다들 뭐라고 할까. 막상 해 보니 재미가 없더라고, 다른 쪽에 관심이 생겼다고 말해 볼까. 하라는 고개를 저었다. 그건 사실이 아니었다. 하지만 전처럼 그림이 즐겁지 않았다. 그림을 그려야 하는 게 숨이 막혔다. 아침이 되고 눈을 뜨면 또 그림을 그려야 하는 게 싫었다. 하라는 자기 자신을 납득하기 어려웠다.

하고 싶은 일을 하면 행복할 줄 알았는데, 그렇지 않은 이유를 찾을 수가 없었다. 실력이 부족해서일까. 잘 그린다고, 좋아한다고 믿었던 게 착각이었던 걸까. 이대로 계속 그림을 그리는 게 최선의 선택일까. 입시를 무사히 치를 수는 있을까. 만에 하나라도 실패한다면, 그 뒤에 따라올 일들은 상상도 하고 싶지 않았다. 그건 실력이 부족하다고, 잘못된 선택을 했다고 모두에게 증명하는 일이었다. 하라의 눈에 어이없게도 눈물이 고였다.

'강하라. 난 강하라잖아.'

속으로 되뇌었지만 마음은 뜻대로 강해지지 못했고, 점점 차오른 물기 때문에 어느덧 하라의 눈앞이 뿌예졌다.

물기 어린 눈가를 닦고 하라는 천천히 눈을 떴다. 리온의 방은 어두웠고 아무 소리도 들리지 않아 고요했다. 새벽녘이 되도록 하라는 잠들지 못한 채 몸을 뒤척였다.

현실은 어디일까. 시간과 공간과 과거가 온통 뒤섞였다. 확신할 수 있는 건 아무것도 없었다. 다만 무언가 어긋나기 시작한 건 중앙역에서의 일이 아니라 한참 더 과거로 거슬러 올라간 어느 시점부터일지 모른다는 생각이 들었다. 하라는 길게 숨을 뱉어 내며 머리끝까지 이불을 뒤집어썼다.

초상화 속 비밀

하라는 초상화를 들여다보았다. 표정 없는 남자의 얼굴은 그늘져 있었다. 하라가 그림 앞으로 한 발 다가가자, 남자의 눈동자가 조금 흔들렸다. 하라는 눈을 비볐다. 초상화는 이젤 위에 있었다. 그래서인지 하라는 초상화 속 남자와 마주선 느낌이었다. 남자가 금방이라도 입을 열어 말을 건넬 것만 같았다. 그 순간 남자의 입이 실룩였다. 잘못 본 게 아니었다.

"어, 어……."

하라는 몸을 뒤로 뺐다. 초상화 속 남자가 눈동자를 좌우로 움직이더니 하라에게 시선을 고정시켰다. 하라는 그만 바닥에 주저앉았다. 남자는 기지개를 켜듯 목을 뒤로 한껏 젖혔다가, 고개를 좌우로 돌리고 나서 아까처럼 하라의 눈을 보았다. 하라는 겁에 질려 꼼짝할 수가 없었다. 남자의 얼굴이 점차 가까워지는가 싶더니 아예 종이를 뚫고 밖으로 나왔다. 얼굴이, 어깨가 나오고 그림에도 없는 몸통이 드러났다. 어느새 남자는 완전히 그림 밖으로 나와 하라 앞에 섰다. 하라는 앉은 채 남자를 올려다보았다. 도움을 청해야 하는데 소리가 나오지 않았다. 목은 콱 막혔고 몸도 말을 듣지 않았다. 떨리는 입술만 간신히 달싹거렸다. 남자가 가까이 다가오자 하라의 머리 위로 그늘이 졌다. 겁에 질린 하라를 향해 이윽고 남자가 손을 뻗었다.

"아, 악!"

소리치면서 하라는 번쩍 눈을 떴다. 커튼 사이로 햇빛이 새어 들었다. 악몽인 걸 깨닫고 나서 하라는 안도했다. 머리카락이 땀으로 축축하게 젖어 있었다. 몸을 일으켜 침대에 걸터앉았다.

리온의 방은 처음과 많이 달라졌다. 리온은 여기저기 널려 있던 그림들을 한쪽에 쌓아 놓았다. 하라가 리온의 방을 쓰고 있었기 때문에 리온의 물건들은 거의 다른 방이나 거실로 옮겨졌다. 제 방을 내주고 불편할 법도 한데 리온은 귀

찮거나 싫은 내색을 한 적이 없었다. 그 점이 하라는 무엇보다 고마웠다.

종이와 캔버스에 그린 그림을 치웠어도 리온의 방은 어디로 눈을 돌려도 그림이 보였다. 키가 닿지 않는 천장을 제외하고 곳곳에 리온의 흔적이 있었다. 그림을 그리다가 우연히 튄 물감 자국마저도 일부러 그런 게 아닐까 싶을 정도로, 리온은 손이 닿는 곳이라면 모두 그림을 그려 두었다.

리온의 그림이 쌓여 있는 곳, 남자의 초상화도 거기에 있을 것이다. 하라는 문득 초상화가 보고 싶었다. 자리에서 일어나 그림들을 들추었다. 초상화 속 남자는 벌써 여러 번 하라의 꿈에 나타났다. 그림 속에서 입을 열어 말을 건넨 적도, 살아 있는 사람이 되어 눈앞에 서 있은 적도 있다. 그림에 대해 궁금한 점이 있었지만 리온에게 묻지 못했다. 함부로 그림을 본 걸 설명하기가 난처했고, 막상 초상화가 떠올라도 당장 해결해야 할 중요한 일들에 밀려 금세 생각을 지워 나가고는 했다. 그런데도 초상화 속 남자는 하라의 머릿속을 떠나지 않았다.

많은 그림들 사이에서 혹시라도 지나칠까, 하라는 그림을 하나씩 조심조심 넘겼다. 그러면서 그림 속 남자의 정체에 대해 추리했다. 누구일까, 그는. 리온과는 어떤 관계일까. 왜 잊히지 않고 기억 속에 남아 있는 걸까.

그림을 넘기던 하라의 손이 마침내 멈추었다. 깨끗한 종이에 잘 싸여 보관된 그림을 찾았다. 하라는 포장을 벗기고 이젤을 끌어다가 캔버스를 올려놓았다. 그러고는 한 걸음 물러나 그림을 보았다. 어딘가를 그윽하게 바라보는 눈과 가만히 다문 입술. 그림을 처음 보았을 때와 다르게 이번에는 남자의 얼굴에서 무거운 감정은 느껴지지 않았다. 오히려 맑은 소년의 이미지가 엿보였다. 하라는 남자의 얼굴에 여러 가지 표정을 넣어 보았다. 입꼬리를 살짝 올려 미소 짓거나, 지그시 눈을 감은 모습까지. 계속 보고 있으니 남자의 눈이 무언가를 말하고 싶어 한다는 착각마저 들었다.

꿈에서처럼 그림 속 눈동자가 움직이는 일은 일어나지 않았지만, 하라는 살아 있는 사람의 얼굴을 보고 있는 기분이었다. 허공을 응시하는 눈동자와 눈을 맞추었다. 그리고 얼마 뒤 커튼 사이로 가늘게 들어오는 아침 햇살이 남자의 얼굴에 닿았을 때였다.

"아!"

하라는 짧은 신음을 내뱉었다. 서둘러 창가로 가서 커튼을 확 열었다. 방 안으로 한꺼번에 빛이 들어왔다. 빛은 초상화 위로도 쏟아졌다.

"빛의 그림……."

하라는 혼잣말을 했다. 같은 장소, 같은 풍경도 빛에 따라 달리 보인다. 그 다양한 빛의 변화를 화폭에 담았던 화가들이 떠올랐다. 모네의 '수련' 연작이 하라의 머릿속에 펼쳐졌다. 그림 속 연못의 수련 풍경은 눈앞의 초상화로 이어졌다. 빛이 움직이자 남자의 얼굴도 차츰 다른 인상을 풍겼다. 그림에 입힌 색이 빛을 만나 변해 갔다. 조금 더 밝게, 조금 더 화사하게. 그리고 남자의 눈동자. 짙은 갈색과 검은색이 돌던 남자의 눈동자가 빛이 닿자 회색을 띠었다.

"그 사람이야!"

하라의 입에서 소리가 터져 나왔다. 하라를 구해 주었던, 하라가 애타게 찾던 남자였다. 뜻하지 않게 리온의 방에서 그의 흔적을 발견한 것이다. 하라는 그림을 들고 황급히 리온에게로 뛰어갔다.

"리온!"

노크도 하지 않고 방문을 벌컥 열었다. 엉망이 된 방 안에 리온은 없고, 그림들만 널려 있었다. 리온은 집 안 어디에도 없었다. 이젤이 비어 있는 걸 보면 어젯밤에 그린 그림을 팔러 나간 것 같았다. 하라는 진즉에 그림 가게의 위치를 알아 두지 않은 걸 후회했다.

하라는 초상화를 품에 안았다. 가슴이 두근거렸다. 리온도 회색 눈동자의 남자를 알고 있을지 모른다. 그동안 줄곧 회색 눈동자라고 말했기 때문에 리온이 눈치채지 못한 게 분명했다. 하지만 하라의 확신이 무색하게 그의 눈동자는 회색이 아니었다. 하라가 보았던 찰나에 회색을 띠었던 거였다. 빛이 쏟아지던 날이었으니까. 그런 때엔 다른 빛깔을 낼 수도 있으니까.

빛의 방향, 그의 눈동자에 비쳤던 풍경까지. 하라는 이제 그날, 그 순간에 일어난 모든 일들을 떠올리려 애썼다. 의심하지 않았던 일이 다르게 다가온 사실과 그를 찾을 수 있을 거라는 희망이 한데 뒤엉켜 하라를 어지럽혔다.

리온이 올 때까지 기다릴 수가 없었다. 하라는 초상화를 챙겨서 집을 나섰다. 거리를 뛰어다니며 지나가는 사람들을 살펴보았다. 이번에는 회색 눈동자가 아니라 초상화 속 얼굴을 찾았다. 하라의 행동을 이상하게 여겨 멀찍이 피해 가는 사람도 있었다.

"이 사람 알아요?"

무턱대고 초상화를 들이미는 하라를 향해 사람들은 냉담한 표정을 지으며 지나쳤다.

하라는 중앙역으로 갔다. 역 근처에서 어슬렁거리는 부랑자를 만나는 건 어렵지 않았다. 지나가는 행인은 물론 자리를 잡고 앉아 도움을 기다리는 노숙자까지 하라는 한 명씩 얼굴을 확인했다.

"꺼져!"

하라가 모자를 들추자 누워 있던 노숙자가 화를 냈다. 노숙자의 위협에도 하라는 물러서지 않았다.

"이 사람 본 적 없어요?"

하라가 물었고 노숙자는 삿대질을 하며 욕을 해 댔다. 놀라 주춤거리다가 하라는 자리에 주저앉았다. 잔뜩 욕을 쏟아 내던 노숙자는 아까처럼 모자를 눌러쓰고 잠을 청했다.

역 안의 사람들 반응도 다르지 않았다. 상점에 들어가 초상화를 보여도 본척만척했다. 개중 초상화를 눈여겨보는 사람이 있기는 했으나, 종국에는 모른다는 대답이 돌아왔다. 그를 아는 사람은 아무도 없었다.

다시 거리로 나와 하라는 지나가는 사람을 막무가내로 붙잡고 남자에 대해 물었지만, 아무런 소득도 없었다. 어느 때보다 실망한 하라는 터덜터덜 정처 없이 걸었다.

하라의 발길이 마인강 변에 이르렀다. 당장이라도 남자를 찾아 따져 묻고 싶은데 그럴 수가 없었다. 그는 대체 어디에 있는 걸까. 그를 찾으면 돌아갈 수 있을까. 서러운 감정이 북

받쳤다. 중앙역에 혼자 남지 말았어야 했다. 생각은 더 과거로 거슬러 갔다. 시험 날 실수만 하지 않았어도 지금 이곳에 있지는 않을 텐데. 그런 일만 일어나지 않았어도.

하라는 오른손을 펼쳐 보았다. 아주 짧은 시간이었다. 하라가 원하지 않는 세계로 발을 들인 건.

"평소처럼만 하면 돼."

시험을 앞두고 선생님들이 격려해 주었다. 실수만 안 하면 된다는 말을 누군가 얼핏 했지만, 하라는 그 말을 흘려들었다. 온 신경이 한 곳으로 모아졌다. 실력을 발휘하지 못할까 봐 긴장이 되었다. 잘해야 한다는 일념뿐이었다. 누구보다 더, 보란 듯이 당당하게.

실수에 대해서는 여지를 둔 적이 없었다. 실수라는 단어가 그렇게 난데없이 찾아올 줄도 몰랐다. 실수나 실패는 실력이 없거나 지독하게 운이 나쁜 사람에게나 오는 건 줄 알았다. 번개가 치듯이 누구에게나 달려들 수 있다는 건 상상도 하지 못했다.

막상 시험 날이 되자 하라는 의외로 담담해져 그림에만 집중할 수 있었다. 소묘 시험을 무사히 치른 뒤에는 어느 정도 자신감도 붙었다. 장담할 수는 없어도 긍정적인 느낌이

들었다. 두 번째 실기시험이 시작되었고, 채화 소재로 제시된 정물과 주제를 앞에 두고도 하라는 당황하지 않았다. 연습했던 대로 침착하게 그려 나갔다. 고지를 넘어가는 기분이었다. 마침내 다른 세계로 진입하는 문이 열려 성큼 나아갈 수 있을 듯했다. 그 기회를 잡을 수 있는 날인 줄 알았다. 하라는 할 수 있는 만큼 최선의 결과물을 만들었고, 완성된 그림을 제출하기만 하면 되었다. 그런데 하필 그 순간에 찾아왔다. 실수라는 것이.

화판에 고정된 집게를 살짝 옆으로 옮겨 놓고 완성된 그림을 빼내는 찰나, 종이 가장자리가 안쪽으로 죽 찢어졌다. 집게 끝부분에 종이 모서리가 잡힌 걸 모르고 성급하게 빼 버린 거였다. 지금껏 단 한 번도 한 적이 없고, 누군가 그런 일을 겪었다는 얘기조차 들어 본 적 없는 어처구니없는 실수였다. 찢어진 종이가 너덜너덜거렸다. 실기시험에서 조금의 특이점이라도 발견되면 부정으로 간주되었다. 시험지가 훼손된 경우라면 심사에서 제외될 수 있었다. 감독관은 빨리 그림을 내라고 재촉했다. 우왕좌왕하다가 하라는 어쩔 수 없이 찢어진 종이를 제출했다.

기대와 두려움으로 기다렸던 발표 날, 합격자 명단에 하라의 이름은 없었다. 초조하게 매달리고 있던 희망도 사라져 버렸다.

"미대는 일반 고등학교에서도 준비할 수 있으니까. 대학 가서 보자."

합격한 미술 학원 친구들의 위로가 조롱처럼 들렸다. 상연이를 둘러싼 아이들이 서로에게 건네는 축하의 말 안에서 하라는 완전히 제외되었다.

실수에 대해서는 아무에게도 말하지 않았다. 그 순간을 떠올리는 것도 괴로웠지만, 바보처럼 행동한 자기 자신을 하라는 받아들이기 힘들었다. 그건 실력이 안 되어 떨어진 것보다 훨씬 비참했다.

"그렇게 자신만만하더니."

아빠는 딱 한마디를 했다.

"어떻게 그렸는데 이런 결과야? 왜 말을 안 해?"

엄마의 다그침에도 하라는 입을 꾹 다물었다. 사실을 말해도 위로받을 수 없을 거라고 생각했다. 아니, 그 어떤 것도 위로가 되지 않았다.

사람들의 기대는 실망으로 바뀌었다. 엄마는 예술 고등학교 입학 이후의 계획까지 세워 놓았었다. 어떻게 해도 하라는 이제 그 안으로 들어갈 수 없었다.

"이렇게 그만둘 수는 없어."

오히려 오기가 생겼는지 엄마는 곧 다른 방법을 찾았다. 예술 고등학교에 다니는 것보다 나은 환경이 얼마든지 있다고 하면서, 며칠 뒤 독일행 비행기 표를 끊었다.

하라는 멀거니 강변을 바라보았다. 지난 몇 달 사이에 일어난 일들을 아무것도 실감할 수 없었다.

'내가 망친 거야.'

용기는 완전히 사라졌고 다시는 그림을 그리고 싶지 않았다. 앞으로 치고 나가도 부족한 판에 스스로 엉망이 되게 만들었다는 걸 인정하기 어려웠다. 실수를 하지 않았으면 결과는 달랐을까. 제대로 그림을 냈어도 같은 결과를 받았던 건 아닐까. 하라는 모든 걸 의심했다.

초상화 속 남자를 찾을 수만 있다면. 하라는 이제 모든 게 그의 탓이라도 되는 것처럼, 그가 저주를 걸기라도 한 것처럼 그를 찾아 책임을 따져 묻고 싶었다.

등 뒤에서 누군가 어깨를 톡톡 두드렸을 때에야 정신이 들었다. 돌아보자 낯익은 여자아이가 한쪽 손을 올렸다가 내리며 인사했다. 아이는 두 손가락으로 안경을 올리고 하라를 유심히 살펴보았다.

'안나한테는 비밀로 하는 게 좋겠어.'

리온의 목소리가 들리는 듯했다.

혼자서 안나를 맞닥뜨리자 하라는 당황스러웠다. 들릴락 말락 작게 인사를 하고는 서둘러 자리를 뜨려고 했다.

"아직도 리온 오빠랑 지내? 왜?"

안나는 보자마자 질문을 던졌다. 하라가 빨리 걷자 안나도 질세라 따라왔다. 하라는 안나를 무시하기로 했다. 어설프게 말하느니 안 하는 게 나았다.

집에 가서 리온이 올 때까지 기다리려다가 하라는 우뚝 멈춰 섰다. 리온과 안나는 남매처럼 지내는 사이다. 리온이 초상화 속 남자를 안다면 안나도 알고 있을지 모른다.

"너, 이 사람 알아?"

하라는 들고 있던 초상화를 보여 주었다. 안나는 눈을 내리깔며 초상화를 잠깐 살펴보는 듯하더니 이내 하라에게로 시선을 옮겼다.

"그걸 왜 나한테 물어?"

역시 호락호락한 애가 아니었다. 안나의 눈빛은 강한 의문을 품고 있었다.

"그냥, 너도 아는 사람인가 해서."

하라가 대수롭지 않은 척 초상화를 품에 안고 막 몸을 돌렸을 때, 안나가 입을 열었다.

"나 그 사람 아는데."

하라는 그 즉시 돌아섰다.

"안다고? 이 사람을? 정말?"

놀라고 반가운 마음에 하라는 연달아 캐물었다. 안나가 눈을 가늘게 뜨고서 하라를 바라보았다. 자리를 피하기에는 늦었고 이제는 피할 수도 없었다.

"그 전에 나한테 솔직하게 말해 줘야 할 거야. 그 사람을 왜 찾는지에 대해서."

안나는 똑 부러지게 말하며 하라의 품에 있는 초상화를 손가락으로 가리켰다.

무덤가의 화가

"케빈, 다시 잘 생각해 봐요."

리온이 사정하다시피 말했지만, 케빈은 고개를 저었다.

"직원이 어디로 갔는지 진짜 몰라요? 연락처 없어요?"

다급해져 하라의 입에서 한국어가 튀어나왔다. 리온은 그 만두라는 뜻으로 하라의 팔을 잡았다. 마침 그림 가게 문에 달린 풍경이 울리고, 손님이 들어왔다. 가게 주인인 케빈은 무뚝뚝한 표정을 바꿔 친절한 얼굴로 손님을 맞았다. 중년 남자 손님은 진열된 그림을 휘둘러보았다.

"내가 전에도 물어봤다고 했잖아."

케빈의 관심이 딴 쪽으로 쏠리자 리온이 낮게 속삭였다.

하라의 기대와 달리 리온은 초상화 속 남자를 알지 못했다. 초상화를 그린 사람이 누군지도 모른다고 했다.

리온이 초상화를 처음 본 건 케빈의 가게에 그림을 팔러 갔을 때였다. 바닥에 놓인 그림을 보자마자 리온은 단번에 마음을 빼앗겼다. 붓 터치 하나하나가 예사로 보이지 않았다. 생생한 표현력이 경이로웠다. 이런 그림을 그린 사람은 누구일까 하는 궁금증과 이렇게 그리고 싶다는 부러움이 동시에 생겼다.

"이 그림 누가 그렸어요? 모델은 누군지 아세요?"

리온이 물었지만 그때도 케빈은 모른다는 제스처만 반복했었다.

"직원이 혼자 있을 때 누가 팔고 간 모양이야. 난 누군지 알지도 못해."

케빈이 퉁명스럽게 말했다.

"직원이라면 파비안 말이에요?"

"그래, 공교롭게도 파비안은 지난주에 일을 그만뒀지. 어디로 갔는지는 묻지 마라. 나도 모르니까."

리온은 몹시 아쉬웠다. 한동안 가게에 뜸했던 게 후회가 될 정도였다.

"이 초상화, 제가 살게요."

리온의 말에 케빈이 코웃음을 쳤다.

"내가 얼마에 팔 줄 알고?"

"그동안 제 그림을 싸게 넘겼잖아요."

리온도 강하게 나갔다. 어린 학생이라고 케빈은 늘 리온의 그림을 낮게 평가했다. 싼 가격에 그림을 사서 몇 배를 부풀려 되판다는 걸 리온도 알고 있었다. 물론 케빈은 리온의 그림을 팔면서 학생이 그렸다는 말은 절대 하지 않았다. 리온도 그 사실을 알면서 모른 척했었다.

"당분간 재료 구하기는 힘들겠구나."

케빈의 말이 떨어지자마자 리온은 초상화를 챙겼다. 리온은 케빈에게 직접 그린 그림을 팔고, 그 돈으로 다시 케빈의 가게에서 재료를 사고는 했다. 케빈의 말은 리온이 그림을 가져와도 한동안 돈을 주지 않겠다는 뜻이었다. 리온에게는 난감한 일이지만, 당장은 초상화를 손에 넣는 게 우선이었다. 리온은 케빈의 마음이 바뀌기 전에 서둘러 가게를 빠져나왔다.

그렇게 해서 집에 가져온 초상화가 하라의 눈에 띌 줄 몰랐다. 게다가 초상화 속 남자가 하라와 연관이 있다는 것도 믿을 수 없었다. 하지만 리온은 하라에게 어떤 도움도 줄 수가 없었다.

케빈은 하라와 리온을 무시한 채 손님을 대하는 일에만
신경을 썼다. 바로 응대할 수 있도록 얼마간의 간격을 두고,
케빈은 손님의 뒤를 따라다녔다.

"저 그림은 얼마요?"

드디어 손님이 그림을 가리키며 물었다. 하라의 눈길도
손님이 고른 그림으로 향했다. 그건 하라가 잘 아는 그림이
었다. 작업장에서 일을 마치고 집에 돌아와 리온이 그린 거
였다. 하라는 그 그림을 그릴 때 리온의 표정이 어땠는지 선
명하게 기억했다. 그림을 그릴 때 리온의 얼굴은 평소와 전
혀 달랐다. 완전히 그림에만 몰입한 표정과 눈빛.

지금 손님이 가리키는 그림은 그렇게 완성되었다. 오로지
주황색 하나로 표현되었지만, 농도와 명암을 조절해서 짙고
강하면서도 때로는 흐리게 화폭을 물들였다. 노을이 번지
는 산과 들이, 흔들리는 나무와 이파리를 타고 흐르는 바람
의 느낌이 포근하지만 어딘가 외롭게 화면을 채웠다. 한 가
지 색만으로도 저토록 풍부한 느낌을 낼 수 있다는 사실에
하라는 놀라지 않을 수가 없었다. 붓이 닿았던 곳곳마다 리
온이 부여한 의미가 들어 있을 터였다. 저 그림을 그리던 날,

리온은 아저씨와 통화를 했다. 묵묵히 대답만 하다가 전화기를 내려놓던 리온의 뒷모습이 하라의 눈에 선했다.

아저씨는 예정보다 일이 늦어지는 모양이었다. 늘 아빠를 그리워하고, 하루라도 빨리 돌아오기를 기다리면서도 리온의 말투는 속내와 다를 때가 많았다.

"전 상관없어요. 혼자 있어도 괜찮다고요."

그날 리온은 늦게까지 이젤 앞에 앉아 있었다. 몇 시간이 지나도록 한 번도 일어나지 않았다. 리온의 많은 감정이 온전히 담겼을 그림.

"우리 집 주방에 어울릴 것 같네요."

"식욕을 돋우는 색이죠?"

손님의 말에 케빈이 응수했다.

"얼마에 팔 건가요?"

손님이 재차 물었을 때 케빈은 리온을 흘끗거렸다.

"그만 나가자."

리온이 하라를 끌고 가게를 나왔다. 문이 완전히 닫힐 때까지 케빈은 그림의 가격을 말하지 않았다.

"그림에 대해서 하나도 모르는 사람이야!"

가게를 나오자마자 하라가 외쳤다.

"여긴 대부분 장식용 그림을 사러 오는 사람들이야. 대단

한 작품이 이런 곳에 있을 턱이 없잖아."

"손님 말고 케빈 말이야. 아예 그림을 볼 줄 모르잖아."

한껏 화가 나 있는 하라를 리온은 가만히 바라보았다.

"왜?"

"아니야."

리온의 눈빛을 느낀 하라가 물었고, 리온은 얼버무리며 넘어갔다.

그림에 대한 하라의 마음이 결코 평범하지 않다는 걸 리온은 벌써부터 짐작했다. 처음부터 남다르다고 느꼈다. 그림을 볼 때 하라는 언제나 세심하게 살폈다. 색과 선, 형태와 의미까지 무엇 하나 놓치지 않으려는 게 리온의 눈에 보였다. 그러면서도 그림을 좋아하냐고 물으면 하라는 아니라고 했다. 하지만 그건 하라의 진심이 아니라는 걸 리온은 이제 확실히 알았다.

"그림을 제대로 볼 줄 아는 사람이라면, 나한테 그 초상화를 팔지도 않았겠지."

리온이 분위기를 바꿔 가볍게 말했다.

"농담이 나와?"

"너야말로 정신 차려. 지금 중요한 건 그림 흥정이 아니잖아."

리온의 말에 하라는 그림 가게를 찾은 이유가 다시금 떠올랐다. 가게에서 초상화 속 남자의 정체를 알아내는 데는 실패했지만, 아직 희망은 남아 있었다.

"근데, 안나가 네 말을 믿어?"

"그건 잘 모르겠어."

하라도 자신 없이 대답했다. 하라가 열차 사고부터 이곳에 있게 된 과정을 얘기하는 동안, 안나는 안경도 한 번 올리지 않고 집중해서 들었다. 막상 다 듣고 나서는 어떤 질문도 없이 아무렇지 않은 태도를 보여서 도리어 하라가 의아할 정도였다. 안나가 초상화 속 남자에 대해 알려 주겠다고 해서 마인강 변에서 다시 만나기로 약속을 하고 헤어진 게 전부였다.

"안나가 정말 그 사람을 알고 있을까?"

이제 믿을 건 안나밖에 없었다. 하라는 걱정스레 중얼거렸다.

다음 날, 하라는 리온과 약속 장소로 나갔다. 잠시 뒤 나타난 안나는 양어깨에 가방을 멘 것도 모자라 옆구리에 책을 서너 권 끼고 있었다.

"일단 그 사람이 있을 만한 곳을 찾아갈 거야. 하지만 만나지 못할 수도 있어."

"너, 그 사람 아는 거 맞아?"

하라가 물었지만, 안나는 대꾸 없이 앞장섰다. 리온은 일단 따라가자는 눈짓을 보냈다. 안나는 두리번거리며 거리를 돌아다녔다. 번화가를 지나 근처의 공동묘지에도 발을 들여놓았다.

"야, 여기는 좀."

"찾기 싫으면 말고."

"도대체 어떤 사람인데? 이런 데에 올 이유가 뭐냐고?"

하라는 미심쩍은 투로 물었다. 도시 한가운데에 공동묘지가 있는 것도 낯설었다. 대낮인 데다 공원처럼 꾸며져 있어 무섭지는 않았지만, 묘지와 비석 사이를 걷는 내내 하라는 또다시 알지 못하는 세계로 빨려 들어가는 기분이었다.

"언제까지 돌아다니기만 할 건데?"

뢰머 광장에 이르렀을 때 하라는 결국 폭발했다. 안나에게 속고 있는 건 아닌지 의심이 들었다.

"안나야."

리온도 짐짓 목소리를 깔았다. 이름만 부르고 별다른 말은 하지 않았지만, 안나는 리온의 표정을 읽고 광장 가장자리로 갔다.

"화가 아저씨랑 마주친 건 두 번이었어."

한쪽에 자리를 잡고 앉으며 안나가 이야기를 시작했다. 안나는 초상화 속 남자를 '화가 아저씨'라고 불렀다.

"두 번?"

"화가?"

리온은 '두 번'이라는 말에, 하라는 '화가'라는 말에 주목했다. 하라의 머릿속은 더욱 복잡해졌다. 무언가 떠오를 듯 말 듯했다.

"뭘까……?"

하라는 가방에서 초상화를 꺼냈다. 그러고는 한 손을 초상화에 가져다 대고 머리에서부터 아래로 천천히 내렸다. 초상화 속 남자의 이마가 가려지고, 눈이 가려졌다. 기억 속 이미지가 희미하게 겹쳐졌다.

"그 사람이야, 그 화가!"

하라는 자리에서 벌떡 일어나며 외쳤다.

매일 같은 자리에서 그림을 그렸던 사람, 바람에 날아가는 그림을 주워 주자 하라에게 인사를 건넸던 사람. 차갑고 부드러운 손의 감촉이 되살아났다. 선로에서 하라를 구해 준 건 틀림없이 그였다. 거리의 화가, 회색 눈동자 그리고 초상화 속 남자는 모두 한 사람이었다. 그가 그림을 그리던 자리 근방을 지나면서 그의 그림을 떠올린 적은 있지만, 이 일에 관련이 있을 거라고는 미처 생각하지 못했다. 모자에 가려진 얼굴을 주의 깊게 되새기지 못한 게 실수였다.

하라의 이야기를 듣고 리온은 믿기 어렵다는 표정을 지었지만, 안나는 더욱 흥미로워하며 화가 아저씨를 만났던 경험에 대해 말했다.

"한 번은 여기 뢰머 광장이었고, 또 한 번은 아까 갔던 공동묘지."

"묘지에는 왜 갔어?"

하라는 이해할 수 없다는 표정으로 물었다.

"산책하러."

아무렇지 않은 안나의 대답에 리온은 그럴 줄 알았다는 듯이 고개를 주억거렸다.

"아주 흐린 날이었어. 먹구름이 잔뜩 끼어 있던. 저기 보이는 식당 있지? 거기서 할아버지랑 밥을 먹고 있었거든."

하라와 리온의 시선이 안나가 가리키는 쪽을 따라갔다. 어중간한 시간이라 식당은 비어 있었다.

"할아버지가 우연히 친구를 만났는데 두 분 얘기가 길어지는 거야. 지루해서 나 먼저 나왔어. 주변 구경이나 하려고. 주말이라 사람도 많았고, 벼룩시장이 열려서 이것저것 물건을 파는 사람들도 있었거든. 뭐, 특별한 건 없었지만."

안나가 어깨를 으쓱 올렸다가 내렸다.

"그러던 중에 화가 아저씨를 만났어. 이젤을 펼쳐 놓고 앉아 있는 게 초상화 그릴 사람을 기다리는 것 같더라고. 아저씨 주변으로 그림이 진열되어 있어서 나는 그림이나 볼 겸 얼쩡거렸지. 근데 아저씨랑 눈이 딱 마주친 거야."

그때가 떠올랐는지 안나는 두 눈에 힘을 주었다.

"눈동자 색은 어땠어?"

하라가 물었다.

"못 봤어. 아저씨가 바로 모자를 눌러써 버려서."

안나의 대답에 하라는 조금 실망했다.

"회색도 아니라며. 게다가 회색이 금방 알아챌 수 있는 색도 아니잖아. 붉은색이라면 모를까."

"양쪽 눈동자 색이 다른 오드 아이라든지."

리온이 말하자 안나도 맞장구를 쳤다.

하라에게는 선로에서 본 남자의 눈동자가 특별했다. 이곳으로 오게 된 것도 그 눈동자 때문이 아닐까 싶을 정도였다. 하라는 진짜 눈동자 색과 관계없이 여전히 그를 회색 눈동자의 남자로 여겼다.

"혹시 다른 사람이랑 착각한 거 아냐? 초상화랑 같은 사람이라는 거 정말 확실해?"

하라가 다그쳐 묻자, 안나는 뾰로통한 표정을 지었다.

"글쎄, 백 퍼센트라는 건 없으니까."

"아닐 수도 있다는 거네……."

하라의 목소리가 잦아들었다.

"난 어떤 가능성에 대해 말하는 거야."

가능성, 하라는 긍정적으로 생각하자고 마음먹었다. 만약 안나의 말이 맞다면 회색 눈동자의 남자는 멀지 않은 곳에 있다는 뜻이고, 그건 곧 그를 만날 수도 있다는 얘기였다.

"나도 모르게, 정말 왜 그랬는지 모르겠는데 아저씨한테 초상화를 부탁했어. 근데 딱 잘라 거절하더라고. 애들은 안 그린다는 거야. 옆에 버젓이 아기 그림도 있었는데."

안나는 상당히 언짢은 투였다.

"어이가 없어서 돌아설까 했는데, 이상하게 화가 아저씨가 궁금해졌어. 그냥 지나칠 수가 없었어. 뭔가…… 끌리는 게 있다고 해야 하나? 내 맘대로 아저씨 앞에 앉으려니까……."

안나가 잠시 말을 멈추었을 때, 리온의 침 삼키는 소리가 유난히 크게 들렸다.

"그냥 가 버렸어."

"뭐?"

하라와 리온이 똑같이 되물었다.

"갑자기 화구를 챙겨서 갔다고."

잔뜩 기대를 했던 터라 하라는 허탈했다. 따라가서 그 사람을 잡았어야지! 하고 말하고 싶은 걸 겨우 참았다.

안나와 화가의 첫 만남은 싱겁게 끝났지만, 두 번째는 달랐다. 이후 서너 달 정도가 지난 뒤에 안나는 뜻밖의 장소에서 화가와 또 마주치게 되었다. 안나는 이내 그를 기억했고, 공동묘지라는 장소 때문이었는지 화가도 지난번보다 호의적인 태도를 보였다. 안나가 알은체를 하자 그도 슬쩍 안나에게 손을 흔들었다. 화가는 안나가 건넨 샌드위치를 받았고, 덕분에 둘은 몇 마디 인사말을 나누다가 자연스럽게 대화를 주고받게 되었다.

"아저씨는 아주 먼 곳에서 왔다고 했어. 곧 다시 떠날 거라고 했고."

"먼 곳? 언제 어디로 떠나는데?"

하라가 연달아 물었다.

"정확히 알려 주지는 않았어. 다만 내 짐작에…… 그곳이 어떤 특별한 곳일 수도 있다고 느낀 거야."

하라의 긴 한숨에도 안나는 동요 없이 화가와 나눈 대화를 이어 말했다.

"어떤 책에서 읽었는데, 우주에는 많은 세계가 있대. 나는 거기가 이곳과 다르지만, 또 완전히 다르지는 않을 거라고 생각해. 아저씨도 그 의견에 동의했어."

아무도 경험하지 못한 세계, 확인할 수 없는 현상들, 인간의 한계까지. 우연히 흘러간 주제에 안나는 깊이 빠져들어 화가와 이야기를 나누었다. 평소에도 관심을 가졌던 분야라 안나는 그와의 대화가 꽤 흥미로웠다.

"나는 우리가 썩 잘 통한다고 생각했어. 누군가와 경쾌한 리듬으로 얘기를 한 건 정말 오랜만이었거든."

잠깐이었지만 안나는 그를 신뢰했다. 반면에 하라는 꺼림칙해하며 물었다.

"그런 얘기를 왜 잘 알지도 못하는 너랑 하는데?"

"대화가 통하는데 그게 중요해?"

안나가 되묻자 하라는 할 말을 잃었다.

"안나는 원래 그래."

리온도 안나의 편을 들었다. 한 번 호기심이 시작되면 앞뒤 따지지 않고 파고든다고. 그런 성격이 낯선 사람과도 금방 친해지게 만든다고.

"우주는 우리가 알고 있는 것보다 아주 가까울 수도 있어. 바로 곁에 있는 것처럼."

"좀 쉽게 설명해 줄 수 없어?"

하라가 답답하다는 듯이 말했고, 안나는 골똘히 생각에 잠겼다.

"한 세계가 만들어지는 데 얼마나 많은 가능성이 포함될까?"

안나의 물음에 하라와 리온은 멍해졌다. 수업 시간에 어려운 질문을 받은 기분이었다.

"예를 들어서…… 큐브를 떠올려 봐. 돌릴 때마다 변하는 경우의 수를 말이야."

안나는 양손으로 큐브를 돌리는 시늉을 했다. 큐브라면 하라도 어렸을 때 자주 가지고 놀았다. 한 면을 같은 색으로 맞추는 게 쉽지 않아 여러 방향으로 돌리고는 했다.

안나는 하나의 색이 달라질 때마다 하나의 세계가 나타난다고 설명했다. 큐브에 빗대기는 했지만, 각 면이 일정하게 나뉜 큐브보다 세계는 훨씬 복잡하기 때문에 그 가능성은 무한대라는 것이다.

"각각의 세계는 각각의 시간으로 흘러가지. 다른 시간과 공간이 있다는 걸 모르고."

안나는 의미심장한 표정을 지었다.

각각의 시간과 세계. 하라는 속으로 안나의 말을 곱씹었다. 얼마나 많은 세계가 있는지는 몰라도 비슷한 다른 세계가 존재한다는 건 확실했다. 그건 이미 하라가 몸소 체험했다. 하지만 그런 세계가 무한대라면⋯⋯. 이곳을 벗어나 완전히 다른 세계를 만나는 상상을 한 적은 있지만, 막상 안나의 말을 듣고 나자 하라는 그게 사실이라도 되는 것처럼 겁이 났다. 안나의 말이 이어질수록 해결의 실마리가 보이는 게 아니라, 오히려 복잡한 거미줄에 걸려드는 것 같았다.

근심으로 가득한 하라의 얼굴을 보다가 안나는 다시 얘기를 시작했다.

"그런데 만약 각각의 세계가 영향을 주는 지점을 발견한다면 어떨까? 큐브가 움직일 때처럼, 서로가 교차하면서 혼란스러운 어떤 순간을."

"교차한다고?"

하라의 머릿속으로 빠르게 큐브가 돌아갔다. 비록 작은 확률이더라도 세계와 세계 사이에서 일어날 수 있는 여러 가능성들을 안나는 충분히 믿는 듯했다. 그 가능성의 순간을 어떤 세계에서, 누군가는 놓치지 않을 수도 있다고 했다.

"그러니까 무슨 수로?"

하라는 저도 모르게 물었다. 일말의 희망을 가지고 안나의 말을 기다렸다. 그 사람과 통하는 게 있었다면, 아는 게 많은 아이라면, 이 상황에 대한 어떤 해법을 가지고 있지 않을까 기대하면서.

"그건 나도 모르지."

안나의 대답에 하라는 또다시 맥이 탁 풀렸다.

"내가 정확하게 아는 건 하나야. 우주의 시작과 끝은 아무도 모른다는 거."

안나는 만난 이후로 가장 진지한 얼굴을 했다.

"하지만 우리의 대화가 의미 없다고 생각하지는 않아. 사람들이 알지 못하는 일이나 밝히지 못한 것들은 아직 많아. 어떤 일이든 가능성은 열려 있어."

"그걸 찾아서 증명할 방법은 없지."

안나의 말에 하라가 회의적인 투로 대꾸했다.

"지금 모르는 것뿐이야. 누군가는 알아낼 거고 언젠가는 밝혀질 거라고."

안나는 말하며 하라를 올려다보았다. 마치 어떤 가설의 실체를 대하는 것처럼.

"그래서, 화가 아저씨는 대체 어디로 갔는데?"

하라가 화제를 돌려 물었지만, 안나는 이번에도 고개를 저었다.

"몰라. 내가 잠깐 한눈을 파는 사이에 아저씨는 또 사라졌거든. 바람처럼."

하라는 자리에 풀썩 주저앉았다. 머리를 감싸 쥐며 여러 가지를 추리해 보았다.

첫 번째 가정은 열차 사고를 피하면서 회색 눈동자의 남자와 함께 이곳으로 왔다는 거였다. 하지만 안나와 마주친 일이나 리온이 초상화를 가지고 있는 걸 보면, 그는 전에도 여기에 머물렀다는 뜻이 된다. 두 번째는 그가 원래 이 세계에 살고 있는 사람이라는 건데, 그렇다면 다른 세계에 있는 하라를 만난 걸 설명할 수가 없었다. 남은 가능성은 하나, 그는 각기 다른 세계를 넘나들 수 있는 사람이라는 것이다. 어떤 순간을 놓치지 않는 사람. 그리고 그건 두 세계를 잇는 길이 분명히 존재한다는 뜻이기도 했다. 증명할 수는 없어도 가능성은 있는 일.

"그럼 이 그림은 대체 누가 그린 걸까?"

하라는 초상화를 내려다보았다. 그것 또한 세 사람 중 누구도 장담하지 못했다. 그림에는 어떤 힌트도 없었다. 화가가 누구인지를 알아내는 건 어려웠다. 머리카락 한 올의 터치까지 예사롭지 않게 표현했다는 것 외에는 무엇도 확인이 불가능했다.

"이건 그냥 감인데…… 모델이 가진 이미지랑 그림의 느낌이 비슷해. 어차피 이 사람도 화가잖아."

리온이 말했고 하라도 같은 생각이었다. 초상화 속 남자라면, 이런 화풍의 그림을 그릴 것 같다는 막연한 예감이 들었다. 그렇다면 그림은 자화상이 되는 것이다.

"결국 제자리인 건가."

리온이 일어서며 웅얼거렸다. 하라도 실망스러웠다. 중요한 단서를 얻게 되지 않을까 싶었는데 한층 복잡해진 느낌이었다. 하지만 한편으로는 기대도 들었다. 회색 눈동자의 남자를 당장 찾을 수 있는 건 아니더라도, 그가 있는 곳에 한 걸음 다가선 기분이었다.

별이의 세계

"리온아!"

하라와 리온이 청소 도구를 챙기고 있을 때 은숙 누나가 다가왔다. 은숙 누나는 리온의 손에 살며시 종이 가방을 쥐여 주었다.

"지난번에 은이를 그려 준 답례야. 별거 아니지만."

리온이 종이 가방을 살짝 열어 보자, 은숙 누나는 직접 만든 쿠키라고 수줍게 말했다.

"그림을 한국으로 보냈는데 은이가 너무 좋아하더라고. 평생 간직하겠대."

은숙 누나가 부드러운 웃음을 지었다.

"고마워요, 누나."

은숙 누나는 리온의 어깨를 몇 번 토닥여 주고 작업장을 나갔다.

하라는 뒤에서 그 모습을 지켜보았다. 리온은 작업장에서도 사이사이 그림을 그렸다. 청소를 잠시 멈추고 크로키를 할 때도 있었다. 사진작가가 찰나를 놓치지 않고 멋진 장면을 앵글에 담는 것처럼, 리온은 눈에 들어오는 대상을 빠르게 그려서 저장해 두었다. 크로키를 하고 난 뒤에 다시 세밀히 그리는 경우도 있었다. 리온이 그림을 그릴 때마다 하라는 관심 없는 척하면서 리온의 그림을 훔쳐보고는 했다. 감탄사가 나올 정도로 잘 묘사된 그림이 있는가 하면, 왜 저렇게 그렸을까 싶은 것도 많았다. 리온의 그림은 그때그때 달랐다. 리온을 옭아매는 건 아무것도 없었다. 그건 오로지 리온의 마음이 결정할 뿐이었다.

잘 보관하던 초상화를 밖으로 꺼내 놓은 뒤로 요사이 리온은 부쩍 인물화에 관심을 기울였다. 주변 사람들을 모델로 시선 처리나 얼굴의 각도를 잡는 것까지 다양하게 연습했고, 빛에 따라 변하는 색의 차이를 시시각각 담아내려 애썼다. 자신의 그림을 초상화와 견주어 보는 리온의 표정은 숙연하기까지 했다.

청소를 하면서 하라는 리온에 대해 생각했다. 리온의 아빠와 친구, 주변 사람들, 리온의 방, 곁에 없는 엄마에 대해서도. 리온이 걸었을 길, 보았을 풍경 그리고 리온의 그림까지도.

리온은 화가가 되는 게 꿈일까. 꿈을 이루기 위해서 저렇게 열심히 그리는 걸까. 이곳에서는 학원을 다니지 않고, 미대에 가지 않아도 화가가 될 수 있을까. 전부 알 수는 없지만 확실한 건 그림을 떼어 놓고는 리온을 생각할 수 없다는 거였다. 하라가 여기에 온 이후로 리온이 그림을 그리지 않은 날은 단 하루도 없었다.

매일 그림을 그렸던 건 하라도 마찬가지였다. 다만 하라의 그림은 매번 비슷했다. 하라는 실기 기출문제와 앞으로 나올 주제 유형에 맞춰 그렸다. 예술 고등학교 합격생들의 그림을 눈과 머리에 집어넣었다. 늘 비슷한 대상을 같은 재료로, 같은 크기의 종이에, 정해진 시간 동안 완성했다. 상상의 여지는 제시된 주제 안에서 찾아야 했다. 주어진 조건에 맞춰 상상하고 표현하는 것. 하라에게 창의성과 개성은 그런 거였다. 기교나 낯선 시도는 위험했다. 너무 튀어도 안 되었다. 기본기를 갖추면서 감점이 없도록 하는 게 우선이었다. 하라는 언제나 그 점을 염두에 두면서 선생님들이 지적

하는 부분 위주로 고쳐 나갔다. 그게 정답인 줄 알았다. 리온을 만나기 전까지는.

하라는 어렸을 때 그렸던 그림들을 떠올려 보았다. 이것저것 따지지 않고 그렸던 그림들.

"어쩜 이렇게 잘 그리니?"

다들 하라의 그림을 보고 눈을 휘둥그렇게 떴다. 그럴 때면 하라는 당당해졌다. 그림을 그리면 칭찬을 받을 수 있다는 걸 깨달았다. 칭찬을 받거나 주목을 끌기 위해 그림을 그린 적도 많았다.

학년이 높아지면서 그림의 소재는 다양해지고 구체화되었다. 공부를 하다가 무심코 눈에 들어오는 주변의 일상을 그림에 담았다. 바람에 얄랑이는 잔가지, 서서히 물들어 가는 하늘빛, 책상에 어지러이 놓인 책과 필기구들. 모든 게 특별한 대상이었다. 어수선한 감정을 선으로 표현할 수 있었고, 설레는 느낌을 색으로 대신하기도 했다. 그런 걸 표출하는 시간이 하라에게는 지루하지 않았다. 실컷 그리고 나면 오히려 편안해져 왜 그런 기분이 들었는지 스스로를 이해하게 되었다.

하라의 마음이 변하기 시작한 건 그림에 대한 목표가 생긴 다음부터였다.

"그런 건 나중에 그려도 돼."

하라가 좋아하는 그림은 '그런 거'가 되어 갔다.

하라는 입시에 집중했고, 엄마와 학원 선생님은 실기시험에 필요한 대화를 나누었다. 이전에 나왔던 주제나 최근의 추세가 주요 화제였다. 하라가 어떤 그림을 그리고 싶은지, 어떤 그림을 그리는 사람이 되려는지 아무도 관심을 두지 않았고, 하라 또한 고민하지 않게 되었다. '그런 건' 나중 문제니까. 우선은 그 세계에 발을 들여야 했으니까.

하라는 리온에게 자기 그림을 보여 주기 싫었다. 입시와 상관없는 건 그리지 않았다. 그리고 싶을 정도로 특별해 보이는 것도 없었다. 왜 비슷한 그림만 그리는지 리온은 의문을 가질 게 분명했다.

처음 이곳에 왔을 때 하라는 리온의 모든 게 엉망이라고 생각했다. 아빠는 일 때문에 떨어져 지낼 때가 많았고, 엄마는 일찍 돌아가셨다. 소중한 사람을 잃은 아픔에 더해 병원비를 감당하느라 집안 형편은 어려워졌다. 힘든 아르바이트를 해도 물감과 종이는 항상 부족했다. 하지만 함께 지내면서 하라는 리온이 많은 걸 가졌다는 걸 알게 되었다.

리온에게는 멀리 있어도 다정한 말을 건네는 아빠가 있다. 리온은 날마다 아빠와 전화를 하면서 그날그날의 소소

한 일과를 나누었다. 집 안 곳곳에 붙어 있는 아빠의 메모에
는 리온에 대한 걱정과 애정이 가득 담겨 있었다. 밥을 거
르지 말라는 잔소리 같은 말부터 몸이 아프거나 일이 생겼
을 때 어떻게 대처해야 하는지에 관한 당부까지. 하라는 아
직 리온의 아빠를 만난 적은 없지만, 둘 사이를 짐작할 수 있
었다. 그뿐만 아니라 리온에게는 가족이나 다름없는 브루노
할아버지와 안나, 자식이나 동생처럼 리온을 챙겨 주는 작
업장 사람들이 곁에 있었다. 그리고 가장 부러운 건……

"무슨 생각을 그렇게 해?"

리온이 대걸레를 밀며 하라의 발을 툭 건드렸다. 딴생각
에 빠져 하라는 줄곧 한자리만 닦고 있었다.

"아무것도 아니야."

방향을 바꿔 하라는 열심히 걸레질을 했다.

"안나가 한 얘기가 자꾸 맴돌아. 어딘가 그럴 듯한데, 그게
뭔지는 또 모르겠고……"

리온은 대걸레를 세워 놓고 그 위에 턱을 받쳤다.

"우리가 모르는 세계라니. 그런 게 정말 있을까?"

딱히 답을 들을 수 없다는 걸 알면서도 리온이 물었다.

하라의 사정을 알고 나서부터 안나는 시도 때도 없이 나
타났다. 브루노 할아버지 심부름이라며 집으로 음식을 가져

오는가 하면, 작업장 앞에서 기다리고 있다가 하라와 리온을 따라오기도 했다. 리온이 안나에게 비밀로 하려 했던 이유가 하라도 이제는 십분 이해가 갔다.

안나는 새로운 책의 내용이나 몰랐던 가능성을 발견할 때마다 찾아와서 얘기를 늘어놓았다. 납득할 수 없는 논리와 믿기 어려운 주장들이 대부분이었는데, 그중 어떤 것은 상당히 그럴듯하게 들려서 하라에게 희망을 주기도 했다.

"어쨌든 나는 화가 아저씨를 꼭 만나고 말거야."

안나는 의문의 화가를 만날 날을 손꼽아 기다렸다. 가끔은 하라보다 간절해 보일 정도였다. 그의 정체를 반드시 밝혀내겠다며 의지를 다졌다. 그러다가 갑자기 하라를 걱정하면서 하라와 헤어질 일을 미리 슬퍼하기도 했다. 엉뚱한 구석은 있어도 같이 있으면 심심할 새가 없는 아이였다.

"병아리 구경할래?"

리온이 불쑥 말하며, 고갯짓으로 부화실을 가리켰다. 하라는 걸레질을 멈추었다. 부화실에 들어가서 청소나 심부름을 하는 것도 감별사들이 있을 때나 할 수 있는 일이었다. 허락 없이 부화실에 들어갈 수는 없었다. 하라는 누가 없는지 주변을 우선 살폈다. 다들 돌아간 뒤라 작업장은 조용했다.

"잠깐만 보고 나오자."

리온은 대걸레를 구석에 세워 두고 하라에게 손짓했다. 전보다 나아졌지만 하라는 아직도 병아리를 다루는 게 어려웠다. 그래도 부화기 안에 있는 병아리들을 보는 일은 솔깃했다. 껍질이 깨지면서 병아리가 나오는 과정을 자세히 본 적은 없었다. 느닷없는 리온의 제안에 하라도 호기심이 일었다.

둘은 부화기 안을 들여다보았다. 이미 껍질 일부가 떨어져 나간 것도 있었다. 작은 구멍 안으로 병아리가 보일락 말락 했다. 껍질이 떨어지기 시작한 뒤로도 완전히 알이 갈라지기까지는 어느 정도 시간이 걸렸기 때문에, 병아리가 밖으로 나오는 장면을 접하는 건 쉬운 일이 아니었다. 리온은 이 순간도 놓치지 않기 위해서 스케치북과 연필을 챙겼다. 조그맣게 구멍 난 알을 드로잉 했다.

"저 안에서 무슨 일이 일어나고 있을까?"

리온이 바쁘게 손을 움직이며 물었다. 하라는 비좁은 공간에서 웅크리고 있을 병아리를 머릿속으로 그려 보았다. 그러다가 어느 순간 몸을 틀어 힘껏 발길질하는 병아리를.

"어!"

리온이 제 소리에 놀라 얼른 입을 막았다. 알 하나에서 제법 큰 조각이 툭 떨어져 나갔다. 하라와 리온은 신기하고 놀란 눈으로 부화기 앞으로 바짝 다가갔다. 난생처음 마주하는 광경 앞에서 하라는 경이로운 기분에 휩싸였다.

"또 금이 갔어."

부화 중인 병아리에게 방해라도 될까 봐 하라는 작게 속삭였다.

본격적으로 파각이 시작된 알은 이내 금이 번졌다. 그러면서도 쉽게 깨지지는 않아 지켜보는 둘을 초조하게 만들었다. 잠시 뒤 마침내 껍질이 쩍 나뉘면서 병아리가 모습을 드러냈다. 축축하게 젖은 몸으로 막 세상에 나온 하나의 생명을 하라와 리온은 넋이 나간 채 지켜보았다.

"이건……."

리온이 잠시 뜸을 들였다.

"보통 인연이 아니야. 우리가 보고 있는 이때 세상에 나오다니."

리온의 말에 하라도 수긍했다. 이제껏 겪은 적 없는 신기한 경험이었다. 많은 날, 많은 시간 중 지금 세상에 나온 병아리. 그러고 보니 전부가 그랬다. 거리에서 화가와 마주친 일부터 이곳에 와서 리온을 만난 것과 리온이 초상화를 가지고 있던 것까지. 이건 우연일까, 필연일까.

"데려가자."

"뭐?"

리온의 말이 갑작스러워 하라의 목소리가 순간 커졌다.

"아무도 없잖아. 한 마리 없어진다고 누가 알겠어?"

아무리 특별한 인연이라고 해도 그건 다른 문제였다. 비밀리에 병아리를 데리고 나가는 것도, 집에서 키우는 것도 불가능할 것 같았다.

때마침 뒤에서 인기척이 들렸다. 서늘한 느낌에 두 사람이 돌아보자, 거기에 다니엘이 떡하니 팔짱을 끼고 서 있었다. 하라는 재빨리 일어섰고, 리온은 놀라 스케치북과 연필을 떨어뜨렸다. 마음대로 행동한 걸 다니엘에게 들켰으니, 그의 기분에 따라 최악의 결과가 닥칠지도 모른다. 내일부터는 작업장에 나오지 말라는 명령이 떨어지는 건 아닐까. 병아리를 납치하려던 계획을 한국말로 나눈 게 그나마 다행이었다.

"바, 방금 들어왔고요. 막 가려던 참이었어요. 병아리가 나오는 바람에……."

리온은 다급하게 변명을 늘어놓았다. 의외인 건 당장 나가라고 소리칠 줄 알았던 다니엘의 표정이 평소보다 온화하다는 거였다.

"데려가고 싶니?"

"네?"

다니엘의 말이 너무 뜻밖이라 하라와 리온이 되물었다. 다니엘이 하라와 리온의 대화를 알아들었을 리도 없지만, 설령 들었다고 해도 호락호락 허락할 사람도 아니었다.

"나 지금 잘못 들은 건가?"

리온이 하라를 곁눈질하며 한국말로 속닥거렸다. 하라도 제 귀를 의심했다.

"그 대신 잘 키워야 한다."

말을 마친 뒤 다니엘은 등을 돌려 유유히 밖으로 나갔다. 한동안 멍하니 서 있던 리온은 얼른 부화기 앞으로 갔다.

"다니엘이 냉정하기만 한 사람은 아니었어. 그랬다면 처음부터 우리가 여기서 일을 할 수도 없었을 거야. 내 그림을 눈여겨볼 때 알아챘어야 했는데."

리온은 신이 나 떠들었다. 하라도 안도하며 부화기 앞으로 갔다. 조금 전 알을 깨고 나온 병아리는 부화장 안에서 좁은 세상을 만났다. 그리고 머지않아 또 다른 세상을 만나게 될 것이다. 세상 밖에 있는 세상은 무수할 테니까.

하라와 리온은 잠시 병아리의 털이 마르기를 기다렸다. 병아리가 어느 정도 기운을 차린 뒤에 리온은 조심히 부화기에서 병아리를 꺼냈다. 목도리를 풀어 병아리를 감싸더니 하라에게 거의 강제로 떠넘겼다.

"집까지만 안고 가. 난 따로 할 일이 있으니까."

하라는 얼떨결에 병아리를 안았다. 갓 세상에 나온 병아
리는 작고 연약했다. 하라는 찬 바람이 들어가지 않게 외투
안쪽으로 병아리를 품었다.

집으로 가는 길에 리온은 버려진 상자를 주웠다. 그러고
는 집에 오자마자 상자 안을 청소하고, 병아리가 지낼 만한
곳으로 만들었다. 깨끗한 천을 바닥에 깔고, 모이와 물을 줄
작은 그릇도 놓았다. 하라는 두 손을 모아서 병아리의 몸을
감쌌다. 손 안에서 움직임이 느껴졌다. 부드러운 털과 따뜻
한 체온이 전해졌다. 알을 깨고 나오는 걸 직접 봐서 그런지
여느 병아리와는 느낌이 달랐다. 상자에 병아리를 안전하게
놓아주고 나서야 하라와 리온은 흡족하게 웃었다.

병아리를 데려가자는 리온의 제안이 엉뚱하게만 들렸는
데, 막상 실행에 옮기자 하라도 뿌듯했다. 반려동물을 돌본
적도 없는데 병아리와 함께 살게 될 줄이야.

"이름은 어떻게 하지?"

"이름?"

하라는 미처 생각하지 못했지만, 리온의 말대로 이름이
있어야 했다. 잠깐 고민하다가 하라가 입을 열었다.

"별이."

"벼리? 별이?"

하라가 두 번째에서 고개를 끄덕였고 리온은 병아리를 향해 별이야, 하고 불렀다. 별이는 저를 부르는 줄도 모르고 새로운 세계에서 첫발을 내디뎠다.

별이가 수평아리라는 것은 브루노 할아버지가 알려 주었다. 리온은 어깨너머로 배운 대로 별이를 살펴보다가, 눈대중으로 한 얘기가 들어맞자 감별사라도 된 양 으스댔다. 자칫 사그라질 수도 있었던 소중한 생명을 지켰다는 생각에 하라도 마음이 놓였다. 안나는 별이를 보자마자 귀엽다며 별이가 가는 곳마다 쫓아다녔는데, 별이는 오히려 안나를 피하는 것처럼 보여서 다들 한바탕 웃고 말았다.

브루노 할아버지는 별이가 지낼 곳을 새로 손보았다. 직접 나무를 짜서 더 넓고 깨끗하게 바꾼 뒤, 전구를 달아 온도도 맞춰 주었다. 하라와 리온은 손이 불편한 할아버지 옆에서 별이의 집이 완성될 때까지 도왔다.

"긴장하지 말고 손에서 힘을 빼야 한다."

브루노 할아버지는 하라에게 병아리 잡는 법도 가르쳤다.

"힘을 더 빼라니까."

리온의 구박에도 하라는 싫은 내색 없이 시키는 대로 했다. 브루노 할아버지는 하라의 손가락을 일일이 짚어 가며 자세를 잡아 주었다. 하마터면 하라가 별이를 떨어뜨릴 뻔했는데 지켜보던 안나는 눈을 가리고 악 소리를 질렀고, 리온과 브루노 할아버지는 별이를 받기 위해 동시에 손을 내밀었다.

하라는 겸연쩍어하며 웃었고, 리온은 못마땅하게 하라를 쏘아보았다.

"감별은 어림도 없겠죠?"

리온이 브루노 할아버지에게 묻자 할아버지는 껄껄 웃기만 했다. 하라는 이제 겨우 병아리를 잡는 게 나아진 정도였다. 감별법까지 배울 뜻은 없다고 하려다가 말을 삼켰다. 혹시라도 이곳에 있는 시간이 길어진다면 병아리를 감별하는 걸 배우게 될지도 모를 일이니까.

좋으니까, 그냥

별이가 온 뒤로 하라와 리온은 눈을 뜨자마자 별이를 먼저 살폈다. 며칠 사이에 별이는 부쩍 자랐다. 털도 보송보송해지고 날개도 조금 커졌다. 한 생명이 자라는 과정을 지켜보는 게 어떤 일인지 하라는 처음 느꼈다. 별이의 작은 몸짓 하나하나가 고스란히 하라에게 다가왔다. 일부러 만들어 낼 수 없는 신기한 생명의 변화를 하라는 수시로 체감했다.

"날 수 있다면 좋을 텐데. 그럼 멀리 날아갈 수 있게 놓아 줄 거야."

하라는 말하면서 별이의 날갯짓을 바라보았다. 그런 일은 없겠지만 그럴 수 있다면, 하고 바라면서.

주말이라 작업장에는 가지 않았다. 오후 내내 하라와 리온은 별이 곁에서 빈둥거렸다. 오랜만에 여유 있는 시간을 보내며 하라는 최근의 일들을 곱씹어 보았다. 비슷하지만 바빴던 시간들을.

하라는 날마다 리온의 방에서 눈을 떠 실감할 수 없는 하루를 시작했고, 작업장에 나가 코를 막고 청소도 했다. 아직 병아리의 배를 누르는 건 엄두도 낼 수 없지만, 만지는 건 많이 나아졌다. 조심스럽게 손가락을 움직이며 차차 병아리에게 익숙해져 갔다.

가장 중요한 것도 빼먹지 않았다. 매일 같은 시간에 맞춰 중앙역으로 가는 것. 하라는 사고가 난 지점으로 갔다. 지난번처럼 위험한 시도는 하지 않았지만, 어떤 가능성에 대해서는 늘 긴장을 놓지 않았다. 열차가 일으키는 바람에도 희망을 걸었다. 그 바람이 세계를 통과하는 길을 열어 줄지도 모르니까.

리온이 그린 벽화도 무심히 지나치지 않았다. 그곳에 보이지 않는 문이라도 있는 것처럼 꼼꼼히 살펴보았다. 양 손바닥으로 벽을 쓸어내릴 때면 마치 그림 속 병아리의 몸을 쓰다듬는 느낌이 들고는 했다. 손끝에서 보드라운 털이 만져지고 소리가 들리는 듯했다.

처음 이곳으로 왔을 때의 곤혹스러움과 지금의 감정이 한데 섞여 하라를 감쌌다. 알 수 없는 상황과 보이지 않는 길 속에서 어떤 답을 구해야 할지 하라는 아직도 갈피를 잡을 수 없었다.

하라는 바닥에 엎드려 별이를 향해 손을 내밀었다. 별이는 쉬지 않고 움직였다. 리온은 옆에 누워 천장만 바라보았다. 무슨 생각을 하는 걸까. 하라는 조심히 입을 열었다.

"한국에…… 갈 계획은 없어?"

전부터 궁금하던 걸 물었다.

"아빠는 전부가 여기에 있다고 했어. 브루노 할아버지랑 얘기하는 걸 들었거든."

리온은 천장에 시선을 두고 담담히 말했다. 리온이 태어나고 자란 곳, 엄마에 대한 추억이 어려 있는 곳. 리온은 이곳을 완전히 떠날 수는 없을 것이다.

"그래도 한국에는 꼭 갈 거야. 언제가 될지 몰라도."

말하고 나서 리온은 야무지게 입을 다물었다. 팔베개를 한 리온이 가만히 눈을 감았다. 한 번도 가 본 적 없지만 리온은 늘 한국을 꿈꾸었다. 언젠가는 반드시 갈 작정이었다. 브루노 할아버지와 안나도 함께 가고 싶었다. 안나가 친부모님을 찾겠다고 하면 리온은 어떻게든 도울 생각이었다.

엄마와 아빠의 고향, 책에서 보며 혼자 상상하고 그려 온 곳. 그곳에서 하라를 다시 만난다면 어떨까. 이곳과는 또 다른 추억을 만들고 새로운 일들을 마주할 수 있을 것 같았다.

가는 곳마다 그리고 싶은 것들이 넘쳐날 것이다. 하루를 꼬박 다녀도 다 그리기 벅찰 것이다. 눈길이 닿는 풍경을 걸음마다 멈춰 서서 눈으로, 손으로 담아낼 수 있다면. 그 순간을 하라와 나눌 수 있다면. 리온은 하라의 눈빛과 표정으로 알 수 있었다. 하라와 또 다른 공통점이 있다는 사실을. 같은 걸 바라보고 비슷한 감정을 느낀다는 건 얼굴이 닮은 것보다 훨씬 중요한 일이었다.

리온은 상상을 하는 것만으로도 벅차올랐다. 어느새 리온의 입에서는 콧노래까지 흘러나왔다. 작게 허밍으로 부르는 음이었지만, 하라는 그 노래를 금방 알아챘다.

"그 노래 알아?"

하라가 살짝 놀라 물었다.

"당연하지. 네가 맨날 불렀잖아."

리온은 눈을 감은 채 대답했다.

"내가?"

스스로 의식하지 못했기 때문에 하라는 어리둥절했지만, 리온이 같은 노래를 알고 있다는 게 이상한 일은 아니었다.

리온의 말대로 하라가 무의식중에 불렀을 수도 있고, 독일 민요니까 리온에게도 익숙할 수 있었다.

리온이 반짝 눈을 뜨는 바람에 하라는 얼른 고개를 돌렸다. 줄곧 리온을 내려다보고 있었다는 걸 하라는 그제야 깨달았다. 리온이 천천히 일어나 앉더니 입을 열었다.

"너 말인데……."

리온은 일부러 하라와 눈을 맞추지 않았다. 별이를 보면서 아무렇지 않은 듯이 말을 꺼냈다.

"내 거 빌려 써도 괜찮아."

뜬금없는 얘기에 하라도 몸을 일으켜 앉았다.

"무슨 말이야?"

하라와 리온은 서로를 마주 보았다. 깜빡이는 두 눈과 눈동자를.

"너도 좋아하잖아, 그림."

리온은 나직하지만 확고한 어조로 말했고, 하라는 당황해 눈을 내리깔았다. 별이를 부르며 괜히 딴청을 피웠다. 그림을 그린다는 얘기는 꺼낸 적도 없는데, 리온이 알고 있다는 사실이 놀랍고 부끄러웠다.

"그건 숨길 수 없어. 어떻게든 드러나거든."

리온의 말을 건성으로 듣는 척했지만 하라는 가슴이 뛰었다. 거짓말을 하다가 들킨 것처럼 얼굴이 달아올랐다.

"여기 있는 동안은 내 걸 써. 그리고 싶은 게 있으면 얼마든지 그려."

리온은 벼르던 말을 꺼내 놓았다. 이번만큼은 하라가 거절하지 않기를 바랐다.

"난 그리고 싶은 게 없어. 하나도……."

하라는 잔뜩 힘이 빠진 목소리로 말했다. 그림을 좋아하는데 그리고 싶은 게 없다니, 리온은 하라의 고백이 공감되지 않았다.

"좋아하면 뭐든 그리면 되지."

리온의 말에 하라는 자조적인 웃음을 지었다. 입시와 불안한 미래, 그간의 일들을 리온에게 설명할 수가 없었다.

"나한테 중요한 건 그게 아니야."

한껏 가라앉은 하라와 달리 리온은 대뜸 웃음을 터뜨렸다.

"그럼 뭐가 중요한데?"

"그건……."

"좋아하고, 재미있고, 하고 싶고. 그거 말고 중요한 게 대체 뭐냐고?"

리온은 가볍게 물었지만 하라는 할 말을 찾지 못했다. 하라에게 중요한 건 목표를 이루는 거였다. 장래 희망, 꿈, 그림을 그리면서 느끼는 감정들도 그 안에서 이루어졌다. 거기에 좋아하는 게 있다고 믿었다. 그런데 그걸 갖지 못하게 되자 어디로 가야 할지 방향을 잡을 수 없을 뿐이다. 인정받지 못했다는 사실은 하라를 한 걸음도 나아가지 못하게 했다. 목표를 잃은 뒤에는 그림을 그릴 이유도 사라졌다. 또 실패를 경험하게 될지 몰라 무엇도 시도할 수 없었다.

"뭘 위해서…… 그림을 그려야 할지 모르겠어."

속마음을 털어놓고 나서 하라는 침울해 있었다. 그런 하라를 보고 리온도 섣불리 말을 꺼내지 못하다가 한참 뒤에야 입을 열었다.

"꼭 뭘 위해서 그려야 하는 건가? 난…… 그냥 그리는데."

리온이 웅얼거렸다. 작은 소리였는데도 하라는 정확하게 들었다. '위해서'라는 단어와 '그냥'이라는 단어가 가슴 깊이 내려앉았다.

"넌 화가가 되겠지?"

이번에는 하라가 물었다. 하루도 그림을 거르지 않는 아이. 리온은 그림과 절대 떨어질 수 없다고 하라는 확신했다.

"그럴 수도 있고."

당연하다는 대답이 돌아올 줄 알았는데 의외로 리온의 대답은 미지근했다.

"화가가 되려고 매일 그리는 거 아냐?"

하라는 좀 의아해져 물었다. 리온이라면 당연히 큰 꿈이 있을 줄 알았다. 유명한 화가가 되어 이름난 갤러리에서 전시를 하는 리온이 짧은 상상 속에서 스쳐 지나갔다.

"매일 그림을 그리면 화가가 되는 걸까?"

리온은 오히려 반문했다. 화가가 되지 않을 수도 있다는 말 같아서 하라는 이해가 가지 않았다.

"목표가 있으면 동기 부여가 돼서 열심히 하게 되고, 그럼 성공한 화가가 될 수 있잖아."

하라는 어른들에게 들었던 말을 그대로 하고 있었다. '성공'이라는 말을 뱉어 놓고 후회했다. 만약 성공한 화가는 뭐냐고 리온이 묻는다면 뭐라고 답해야 할까.

"맞아, 그럴 거야."

다행히 리온은 웃어넘겼다. 잠시 침묵이 이어졌다. 숨겼던 속내를 들키고 나자 부끄러웠지만, 하라는 리온에게 묻고 싶었다. 아무에게도 꺼내지 못했던 말들을.

"온 마음을 다했는데도 이루지 못하면 그다음엔 어떻게 해야 할까? 너는 그런 적 있어?"

하라는 리온의 대답을 기다렸다. 리온의 눈동자가 흔들리는가 싶더니 어딘지 모를 한 곳에 고정되었다. 하라는 리온의 마음을 읽으려 했다. 리온의 표정에서 답을 찾으려고 했는데 리온은 뜻밖의 말을 했다.

"온 마음을 다할 수 있는 일이 있다는 건…… 좋은 거잖아."

리온은 금방 한 말과 어울리는 잔잔한 웃음을 지었다. 그러면서 동의를 구하듯 하라를 바라보았다. 하라는 저도 모르게 고개를 끄덕였다. 그리고 깨달았다. 리온은 언제나 온 마음을 다했다는 걸, 크고 작은 일에 항상 간절했다는 걸. 어떤 일이 닥쳐도 그림을 놓지 않았던 건, 리온에게 하지 않을 수 없는 일이기 때문인지도 모른다. 안 하는 게 더 어려운 일. 그냥 그릴 수밖에 없는 그림처럼.

"내가 바라는 건……."

리온의 표정이 진지해졌다. 하라는 떨리는 마음으로 리온의 말을 기다렸다.

"초상화 말이야."

리온의 시선이 초상화로 향했다. 초상화는 이제 거실 탁자에 세워져 있었다. 하라와 리온은 지나다니며 초상화 앞에 멈춰 서고는 했다. 회색 눈동자의 남자와 연관을 지어서인지 그림은 언제 보아도 하라에게 기묘한 감정을 불러일으켰다. 하라 못지않게 초상화는 리온에게도 남다른 의미였다.

"부러워. 색채, 선, 묘사, 기법 전부. 나도 저렇게 그릴 수 있으면 좋을 텐데."

리온은 말하면서 아쉬운 표정을 지었다. 초상화에 대한 리온의 마음은 하라가 짐작한 것 이상이었다. 독특한 감각과 범접할 수 없는 실력이 느껴지는 누군가의 그림을 리온은 선망하고 있었다.

"새로운 방식을 찾아서 내 안에 있는 걸 표현했을 때의 느낌은 말로 설명할 수 없어. 그건 어디에서도 얻을 수 없거든."

옅게 웃는 리온의 표정에서 무한한 행복이 느껴졌다.

"그 느낌이 계속 그리게 만들어. 그릴 수밖에 없게 해. 근데 그걸 해내는 건 어려워. 제자리인 것 같고 마음이랑 손이 제각각이야. 원하는 대로 표현이 잘 안 돼."

리온은 물끄러미 제 손을 내려다보았다. 리온의 꿈은 단 하나였다. 새로운 시도 속에서 몰랐던 걸 발견하고, 그 안에서 성취를 느끼는 것. 그 과정에서 다른 데서는 찾을 수 없는 행복을 원했다. 하지만 그만큼 한계에 부딪칠 때가 많았다. 리온은 때로 자신이 동경하는 화가의 그림을 보며 좌절하기도 했다.

하라는 리온의 고민을 몰랐다. 뭔가를 찾고 있다는 건 알았지만, 그렇게 고민이 깊을 줄은 눈치채지 못했다. 리온도 마냥 좋아하기만 한 건 아니었다. 무엇이든 고민하지 않고 그저 좋아할 수는 없다는 걸 하라는 새삼 깨달았다.

"우린 아직 연습하는 중이잖아. 그리고 넌 너만의 장점이 있어. 굳이 다른 사람의 그림을 부러워하지 않아도 괜찮아."

하라는 진심으로 리온을 격려했다. 말하고 나니 가슴 한편이 뭉클하게 아려 왔다. 아직 해 나가는 중인데, 각자의 장점이 있는데 왜 하나만 따라가려고 했던 걸까. 왜 다른 사람의 기준에만 맞추려고 했을까. 그게 결코 정답은 아니었을 텐데. 마주한 리온의 얼굴에서 하라는 처음으로 자기 자신의 모습을 어렴풋이 겹쳐 볼 수 있었다.

리온도 하라를 향해 환하게 웃어 보이며 말했다.

"그렇겠지? 너도 나도."

방으로 들어오고 난 뒤에도 리온과 나누었던 대화들이 하라의 머릿속을 맴돌았다. 리온이 한 그냥이라는 말이 떠나지 않았다. 싫거나 좋다고 생각할 필요조차 없는 것, 일부인 것. 리온에게 그림은 일상 그 자체였다. 그건 하라가 처음 리온의 방에 들어왔을 때부터 의심의 여지가 없는 사실이었다. 종이가 부족할 정도로, 어떤 재료든 닥치는 대로, 눈에 보이고 머릿속에 떠오르는 대로 표현하고 싶어 했던 것. 그리지 않고는 견딜 수 없는 것. 그게 바로 리온의 '그냥'일 것이다. 온 힘을 다해 닿지 못하더라도 결국은 다시 할 수밖에 없는 것. 끊임없이 시도하고 그 안에서 행복을 느끼는 건 결국 스스로를 위한 거였다.

하라는 자신이 리온에게 느낀 감정과 거기 담겨 있던 부러움이 무엇이었는지 비로소 알 것 같았다. 리온이 말한 그냥이라는 말의 의미와 하고 싶은 일을 해내는 용기에 대해서도.

책상 아래 밀어 두었던 리온의 그림을 꺼내 한 장씩 넘겨 보았다. 리온의 선, 리온의 색, 리온의 마음. 모든 게 그림에 들어가 있었다. 하라는 한 손으로 리온의 그림을 어루만졌다. 리온을 전혀 몰랐을 때 본 느낌과 지금의 느낌은 사뭇 달랐다. 리온이 품고 있던 것들이 쏟아져 들어오는 기분에 하라는 전보다 더 깊게 그림을 느꼈다.

"나도 좋아했어. 나도 그리고 싶었어, 마음껏."

하라는 리온의 그림을 내려놓았다. 그러고는 이젤을 끌고와 종이를 찾았다. 다행히 새 도화지가 남아 있었다. 화판에 도화지를 고정시키고, 서랍을 열어서 재료를 꺼냈다. 한번 마음을 먹자 조급함이 밀려왔다.

붓을 들고 크게 심호흡을 한 뒤에, 스케치 없이 바로 선을 그렸다. 마음이 가는 대로 손을 움직였다. 가슴이 뛸 때는 크고 굵은 선을, 잦아들 때는 작고 가는 선을 그렸다. 바깥으로 사정없이 뻗어 나가는 선에 감정을 실었다. 다 써서 색이 나오지 않는 물감도 있었는데, 그럴 때면 바닥에 튜브를 던지고 이내 다른 색으로 바꾸었다. 오랫동안 눌러 왔던 감정이 한꺼번에 분출되는 기분이었다. 하고 싶었지만 하지 못했던 것. 아니라고 부정했던 것. 스스로도 깨닫지 못했던 것. 그 전부를 하라는 작은 도화지에 힘 있게 담았다.

얼마 뒤 갖가지 색을 덧입은 낙서 같은 그림이 하라의 눈앞에 놓여 있었다. 계획 없이 그린 그림이었지만, 하라는 그 그림이 나쁘지 않았다. 들썩이던 마음도 고요해졌다. 하라는 종이 뒷면에 '시작'이라는 제목을 적었다. 그림의 제목처럼 막상 시작을 하고 나자 멈출 수가 없었다. 계속 그리고 싶었다. 병아리가 알을 깨고 나오듯, 밑바닥에 눌려 있던 것들이 깨어나는 듯했다. 이후로도 하라는 몇 장의 그림을 더 그렸다.

선로 위, 다가오는 열차, 회색 눈동자의 남자, 오버랩되는 병아리. 병아리를 그릴 때는 자연스럽게 별이를 떠올렸다. 별이의 모습이라면 보지 않아도 얼마든지 그릴 수 있었다.

별이의 눈, 깃털, 발까지. 그림 안에서 병아리는 작은 날개를 펼쳐 날아올랐다. 다양한 색이 종이 위를 덮었다. 긴박하고 강렬했던 순간을 그리는 동안, 하라는 이 세계로 넘어오던 그때의 기분을 다시 한번 느꼈다. 그날의 당혹스러움, 불안 그리고 지금의 간절함까지도.

하라는 다시 그림을 그리고 싶었다. 시작하고 싶었다. 무엇을 위해서가 아닌 그림 그 자체가 좋아서, 그냥.

마인강의 위로

별이가 보이지 않았다. 하라는 상자 주변을 살피며 별이를 찾았다. 처음에 별이가 사라졌을 때는 가슴이 내려앉았었다. 만에 하나라도 무슨 일이 생긴 건 아닌지 걱정이 앞섰다. 집 안을 돌아다니며 별이를 찾는 짧은 시간 동안 온갖 걱정이 들었다. 열린 문 사이로 나간 별이가 위험에 처하는 상황, 집 안을 돌아다니는 별이를 미처 발견하지 못하고 실수로 다치게 하는 경우. 다행히 그런 일은 일어나지 않았다. 별이는 의자 밑에서 무사히 발견되었다.

한 번 상자를 탈출한 뒤로 별이는 자주 밖으로 나와 사라졌다. 별이를 찾는 일이 어렵지는 않았지만, 별이에게는 위험할 수 있었다. 하라와 리온은 날씨가 따뜻해지면 우선 별이의 집을 베란다로 옮기기로 했지만, 별이가 더 자랄 것을 대비해 지낼 곳을 다시 고민해 보기로 했다.

하라는 몸을 숙여 탁자 아래를 보았다. 구석에 별이가 있었다. 별이도 하라를 보았는지 소리를 냈다. 하라는 손을 뻗어 별이를 꺼냈다.

"집을 옮겨 줄 테니까 조금만 참아."

하라는 별이를 넓은 곳에 놓아주었다. 발이 바닥에 닿자마자 별이는 빠르게 움직였다.

"다들…… 내 걱정을 하고 있겠지?"

하라는 별이를 내려다보며 물었다. 갑자기 사라져 버린 아이를 다들 찾고 있을 터였다. 걱정하고 있을 부모님을 떠올리자 하라의 마음도 편치 않았다. 모든 게 원래의 자리로 돌아가기를 바랐다. 아무 일도 없었던 때로.

"근데 아무 일도 일어나지 않았던 때는 언제였을까?"

여기로 오기 전일까, 실수를 하기 전일까. 그것도 아니면 그보다 오래전 그림을 몰랐던 때인 걸까. 하라가 묻자 별이는 살짝 날갯짓을 했다.

별이를 보며 하라는 생각에 잠겼다. 안나의 말대로 무수한 여러 세계가 있다면 별이의 세계도 여럿 있을지 모른다.

거기 어디에서 별이는 여기와 조금 다를 수도 있다. 어쩌면 모두가 그럴지 모른다.

"다른 세계에 있는 나는 어떨까? 그건 나일까, 아닐까?"

그런 일이 생기는 가능성의 시작은 대체 어디쯤인지 하라에게 정답을 알 수 없는 질문이 끝없이 이어졌다. 확실한 건 별이의 탄생을 직접 보게 된다면, 어느 세계에서든 하라는 같은 선택을 했을 거라는 사실이다. 리온이 먼저 말을 꺼내지 않아도, 다니엘이 허락하지 않아도 별이를 남겨 두고 돌아설 수는 없었다.

돌이켜 보면 모든 선택이 그 순간의 최선이었다. 불가능할 것 같아 망설였지만, 결국 별이를 데리고 온 것처럼. 뒤따라올 결과를 따지기 전에 이미 마음이 기울어 버린 일이었다. 그런 생각들을 하라는 별이에게 털어놓았다. 대답은 들을 수 없어도 별이는 다 알고 있는 것 같았다. 미처 다 꺼내지 못한 하라의 속내까지도.

그간 별이는 털이 많이 자랐고 몸집도 부쩍 커졌다. 머지 않아 털갈이를 하고 노란색을 완전히 벗고 나면 귀여운 느낌은 사라지겠지만, 그런다고 해도 하라에게 별이는 처음 그때의 별이와 같을 것이다. 다만 별이의 변화를 언제까지 지켜볼 수 있을지 하라는 가늠할 수 없었다.

하라는 바닥에 엎드려 별이와 눈높이를 맞추었다. 손바닥을 내밀자 별이가 다가와 콕콕 쪼아 댔다. 하라는 움직이지 않고 별이를 지켜보았다. 별이가 오고 나서 스스로가 많이 달라졌다고 느꼈다. 그림을 그리기 시작했고, 병아리를 다루는 실력도 꽤 늘었다. 작업장에 들어갈 때도 전처럼 냄새 때문에 힘들어하지 않았다. 좋은 향기는 아니지만 참을 수 있었다. 가끔은 부화장의 병아리를 옮기는 일도 도왔다. 전에는 리온이 왜 이런 일을 택했을까 이해할 수 없었는데, 지금은 되레 다행으로 여겼다.

언젠가부터 하라도 리온처럼 작업장에서 짬을 내 그림을 그렸다. 가방에는 늘 크로키 도구를 넣고 다녔다. 그림에 몰두하다가 자칫 다니엘의 원성을 들을 수도 있어서 작업장에서는 최대한 빠르게 그림을 그렸다. 병아리를 감별 중인 사람들이나 막 알을 깨고 나온 병아리, 눈을 부릅뜨고 작업장 이곳저곳을 돌아다니는 다니엘까지. 하라가 용기를 내서 다니엘에게 그림을 내밀었을 때 다니엘의 입꼬리가 슬쩍 올라갔는데, 리온은 다니엘이 웃는 걸 처음 보았다면서 놀라워했다.

"같이 벽화를 그려 보는 건 어때?"

얼마 전에 은숙 누나가 제안했다. 생각지도 못한 일이라 하라와 리온은 서로 눈빛만 주고받았다.

"작업장 환경이 나아지는 거니까, 물감을 지원해 줄 수 있는지 다니엘에게 부탁해 볼게."

리온은 벽화를 또 그리고 싶었다. 그건 한정된 종이에 그리는 것과는 달랐다. 하지만 하라는 망설여졌다. 완성할 수 있을까. 리온의 그림과 잘 조화가 될까. 하라가 갈등하는 것과 달리 리온은 당장이라도 벽화를 그릴 태세였다.

"고마워요, 누나."

리온은 냉큼 대답했다. 이제는 다니엘의 허락을 의심하지 않았다.

"너흰 틀림없이 멋진 화가가 될 거야."

은숙 누나가 환하게 웃으며 하라와 리온을 격려했다. 리온은 하라를 향해 엄지손가락을 올려 보였다. 얼떨결에 승낙한 셈이지만, 하라도 괜히 기분이 들썩였다.

"잘할 수 있을까?"

하라는 별이에게 시선을 고정한 채 물었다. 별이는 순간 날개를 펼치며 뛰어오를 듯하다가 이내 제자리에서 종종거렸다. 조금씩 자라면서 이제는 가뿐히 상자를 탈출할 정도가 되었지만, 별이가 날 수 있는 건 거기까지였다. 날개를 힘껏 펼쳐 높이, 멀리 날 수 있다면. 그러다가 하라는 문득 궁금해졌다. 별이는 날기를 원할까. 하늘을 날면 좋을까. 별이는 땅이 더 좋을지 모른다. 발에 닿는 땅의 감촉이나 흙냄새를 훨씬 좋아할 수도 있다.

하라는 자리에서 벌떡 일어섰다. 별이를 위해 할 일이 떠올랐다.

"왜 이 생각을 못 했지?"

리온은 봉투에 흙을 퍼 담았다. 진즉에 하지 못한 걸 후회하는 얼굴이었다. 하라는 별이가 지내는 곳에 흙을 깔아 주자고 했다. 밖에서 실컷 돌아다닐 수 없는 별이를 위한 배려였다. 흙을 잔뜩 담고 나서야 하라와 리온은 탁탁 손바닥을 털었다.

"잊지 마. 누가 뭐라고 해도 별이의 주인은 나야."

"아무렴."

하라와 리온은 농담을 주고받으며 걸었다.

결코 인정할 수 없을 것 같던 시간 속으로 하라는 점차 스며들었다. 그렇다고 제자리로 돌아가는 걸 포기한 건 아니었다. 하라는 하루도 빠트리지 않고 회색 눈동자의 남자를 찾아다니다가 어두워질 무렵에야 집에 들어가고는 했다. 다만 돌아가면 다 버리려고 했던 결심은 달라져 있었다. 그리지 않기 위해서가 아니라, 그리기 위해서. 그려야 하는 것을 그리는 게 아니라, 원하는 것을 그리기 위해서.

"오빠!"

공원을 벗어날 즈음 안나를 만났다. 안나는 어디서든 불쑥 나타났고, 늘 새로운 이야기를 꺼냈다. 안나의 말에 하라는 그저 웃음으로 대답하고는 했다.

"곰곰이 따져 봤는데, 문이 열리는 어떤 법칙이 있지 않을까? 우린 그걸 먼저 찾아야 해."

안나는 인사도 하기 전에 하라에게 바짝 다가가 말했다. 하라와 리온은 멈추지 않고 걸었고, 안나도 종종걸음으로 따라왔다.

"여기로 올 때 일어났던 특별한 현상 같은 거 없었어? 그걸 그대로 재연하는 거지."

"그것 때문에 얘가 위험할 뻔했어."

리온은 기차역에서 있었던 일을 떠올리며 몸서리쳤다.

"놓친 부분은 없는지 잘 기억해 보라고."

하라는 긍정도 부정도 아닌 태도를 보였다. 안나의 말을 되새김질해 보았지만, 불분명한 일들만 얽혀 들어갔다. 안나는 실망하는 듯하더니 곧 표정을 바꾸었다.

"어쨌든 난 결심했어. 이 문제를 계속 연구하기로. 그런 사람이 될래."

안나가 다부지게 말했다. 하라와 리온은 약간 놀라며 멈춰 섰다.

"공부를 할수록 재밌어. 다 오빠 덕분이야."

안나가 한쪽 손을 내밀었고, 하라는 얼떨결에 안나의 손을 잡았다. 하라는 안나의 눈이 때때로 리온의 눈빛과도 닮았다고 생각했다.

"어쩌면 시간은 앞으로만 흐르는 게 아닐 수도 있어. 무슨 말이냐면……."

안나가 안경을 고쳐 쓰며 입을 열자, 리온이 재빠르게 끼어들었다.

"참, 오늘 브루노 할아버지 깁스 푸는 날 아니야?"

리온의 말을 듣고서 막 생각이 났는지, 안나는 가뜩이나 큰 눈을 한층 크게 떴다.

"아무튼 뭔가 놓친 게 없는지 꼭 다시 생각해 봐. 거기에 답이 있을 테니까."

당부를 남기고 안나는 손을 흔들었다.

여러 가지 경우의 수와 세계. 분리된 시간과 공간. 그리고 세계가 교차하는 순간과 지점. 그간 안나가 했던 말을 곱씹었지만, 하라는 여전히 보이지 않는 길을 하염없이 걷는 기분이었다.

리온의 아빠가 집에 돌아왔다. 아빠가 돌아오기를 그토록 기다린 건 리온이었는데, 정작 그 순간을 마주한 건 하라가 먼저였다.

작업장에서 나와 리온은 그림 가게로 향했고, 하라는 집으로 돌아가던 중이었다. 혼자 있을 별이가 걱정스러워 하라는 빠른 걸음으로 걷다가 점점 속력을 내 달렸다. 집에 거의 다다랐을 무렵, 도로변 턱에 걸려 하라는 그만 그 자리에서 넘어졌다. 얼얼한 무릎을 문지르고 있는데 누군가 하라 곁으로 다가와 앉았다.

"괜찮니? 안 다쳤어?"

다정하게 물으며 다리를 살펴 주는 사람을 하라는 쉽게 알아볼 수 있었다. 사진으로 봐서 이미 눈에 익은 얼굴이었다. 아저씨의 시선이 다리에서 얼굴로 옮겨 오자, 하라는 잘못을 저지르다 들킨 사람처럼 쭈뼛거렸다. 리온과 지내고 있는 사정을 제대로 설명할 수 없었기 때문에 괜한 걱정이 앞섰다.

얼굴형, 눈매, 콧날, 입술과 머리칼까지. 그사이 아저씨는 하라를 자세히 살펴보았다. 아들과 많이 닮았으면서도 어딘가 다른 아이를. 친구와 함께 지낸다고, 그 친구가 자신과 많이 닮았다고 리온에게 들어서 알고 있었지만, 하라를 실제로 만나자 놀라지 않을 수 없었다.

"네가 하라구나."

아저씨의 음성은 낮고 부드러웠다. 그 한마디에 하라는 잠깐 동안의 긴장이 순식간에 풀렸다. 아저씨를 바라보고 뒤늦게 인사했다. 아저씨는 하라가 일어설 수 있게 부축해 주었다. 하라는 친한 친구의 아빠처럼, 자주 마주치는 가까운 이웃처럼 낯설지 않게 아저씨를 대했다.

"하라랑 별이가 있어서 내가 걱정을 덜었지."

집으로 들어서며 아저씨가 말했다. 당장 쫓겨나는 건 아닐까, 여기서 지내는 걸 싫어하면 어떡하나 걱정했던 게 무색할 정도로 아저씨는 하라와 별이를 반겼다. 긴 시간 운전을 한 탓에 아저씨의 모습은 많이 고되 보였지만, 표정만큼은 밝았다.

나중에 집에 온 리온은 아저씨를 본체만체했다. 줄곧 기다렸으면서 아닌 척 냉랭하게 굴었다. 아저씨는 예정보다 늦게 온 것도 모자라 곧 다시 떠나야 하는 상황이었다. 말로는 괜찮다고 했지만, 리온의 표정과 행동은 반대였다.

"어린애처럼 뭐냐?"

하라가 핀잔을 주었다.

"네가 뭘 안다고?"

지나치게 화난 말투에 리온은 스스로도 움찔 놀라 슬그머니 하라의 눈치를 살폈다. 하라는 리온의 말을 있는 그대로 받아들였다.

"맞아, 난 몰라. 네 입장도 아니고."

"그게 아니라……."

리온은 당황해서 얼버무렸다. 하라는 아빠와 떨어져 지내는 환경이 익숙하다고, 오히려 아빠와 같이 있는 게 어려울 때도 있다고 했다. 자세한 사정은 몰라도 하라가 아빠와 편한 사이가 아니라는 건 리온도 짐작하고 있었다. 그런 하라의 속내를 건드린 것 같아 리온은 괜스레 미안해졌다.

"미안해할 거 없어."

하라가 웃어넘기고 나서야 리온도 멋쩍게 따라 웃었다.

좀처럼 기분이 나아지지 않을 것처럼 뚱해 있더니, 리온은 저녁 식사 때가 되자 슬슬 입을 열었다. 아저씨에게 작업장 소식도 전하고, 하라와 벽화를 그리기로 했다는 말도 꺼냈다.

"이번엔 정말 금방이야. 며칠이면 돼."

누그러진 틈을 타서 아저씨가 리온을 달랬다.

"그러든가요."

리온은 건성으로 대답했다. 화해가 됐다고 여겼는지 아저씨는 리온의 머리를 헝클어뜨렸고, 리온은 덥수룩한 제 머리를 매만졌다.

"이발 좀 해야겠다."

"아빠도 마찬가지예요."

둘은 소소한 이야기를 이어 나갔다. 그 광경이 하라에게는 못내 낯설었다.

하라는 아빠가 있지만, 종종 아빠가 없는 것 같은 생각이 들었다. 함께할 시간이 없고 함께해도 이제는 어색해진 사이. 아빠가 지방의 대학으로 가게 된 뒤로, 하라가 아빠를 만날 수 있는 건 고작 한 달에 한 번 정도였다. 바쁜 일이 있을 때는 그마저도 건너뛰기 일쑤였다. 하라는 아빠가 없는 빈 공간에 적응해 나갔고, 언젠가부터 단둘이 마주하는 게 불편해졌다.

물론 그렇지 않은 시간도 존재했다. 하라는 엄마 아빠와 행복한 한때를 보낸 적이 있었다. 과거에 찍은 영상 속에서 아빠는 정답게 하라를 부르고 안아 주었다. 영상을 찍고 있는 엄마의 웃음소리도 들렸다. 그 영상을 보면서 하라는 화면에 등장하는 사람들이 배우 같다고 생각했다. 다른 사람을 대하듯 영상을 보았다. 그 안에 있는 어린아이는 이미 타인이 되었고, 그곳은 오래전에 단절된 세계였다.

리온과 아저씨를 보면서 하라는 어렴풋한 과거를 떠올렸다. 아빠의 체온, 턱을 만졌을 때의 느낌, 서로 손을 맞잡고 팔씨름할 때의 기분 같은 것들은 어느새 까마득 멀어져 있었다. 감각은 무뎌지고 경험했던 일들도 상상 속의 일처럼 낯설었다.

하라는 조용히 일어나 방으로 들어갔다. 이젤에 도화지를 올려놓고도 아무것도 그리지 않은 채 한참을 앉아 있었다. 전부라고 믿었던 세계가 뿌옇게 흐려졌다. 그 안으로 돌아갈 수 있을까. 아무렇지 않게 받아들일 수 있을까. 방문 밖에서 리온과 아저씨가 두런두런 나누는 말소리와 웃음소리에 하라의 어깨는 한층 더 내려갔다.

식사를 마치고 아저씨가 하라를 불렀다.

"하라도 같이 산책 가자."

방해가 되는 건 아닐까 싶어 하라는 주저하다가, 리온이 던져 주는 겉옷을 얼떨결에 받아 들고서야 엉거주춤 따라나섰다.

어둑어둑한 골목길을 아저씨는 느리게 걸었다. 리온은 아저씨와 보폭을 맞추었고, 하라는 한 걸음 뒤에서 묵묵히 두 사람을 뒤따랐다.

강변에 이르렀을 때, 리온은 바닥에 자리를 잡고 앉아서 가로등이 켜진 다리를 그렸다. 아저씨는 강가를 바라보며 벤치에 앉았고, 하라는 약간의 거리를 두고 아저씨와 나란히 앉았다. 어색한 침묵이 흘렀다.

뭐라도 말을 꺼내야 할 것 같은데 할 말을 고를 수가 없었다. 지금까지의 일을 모조리 털어놓을까, 아저씨라면 믿어줄까, 어떤 도움이라도 받을 수 있을까 망설였지만 하라는 그러지 않기로 했다. 오랜만에 집에 돌아온 아저씨는 많이 지쳐 있었다. 저 너머를 향하고 있는 아저씨의 눈길에 걱정이 가득 묻어났다. 하라는 아저씨의 옆얼굴을 훔쳐보았다.

"혼자 있게 해서 리온에게 항상 미안하지."

아저씨의 굵은 목소리가 낮게 울렸다.

"좋은 친구가 생겨 얼마나 다행인지 모른다. 앞으로도 리온이랑 잘 지낼 거지?"

아저씨가 고요한 눈길로 하라를 바라보았다. 언제 떠날지 모르지만 그래서 다시는 만나지 못하더라도, 하라 역시 리온과 계속 친구가 되고 싶었다. 헤어진다고 해서 친구가 아닌 건 아닐 테니까.

"네, 그럴게요."

하라가 대답하자 아저씨도 안심하는 얼굴이 되었다.

"리온에게 늘 해 주는 얘기가 있어. 힘들면 안 해도 된다고. 그게 뭐가 됐든."

하라가 여기에 머물고 있는 이유를 아저씨는 따져 묻지 않았다. 하라의 어두운 얼굴에서 무슨 사연이 있을 거라고 짐작했지만, 굳이 캐내려 들지는 않았다. 그 대신 스스로 결정을 내리기를 바랐다. 아들의 친구지만 아들과 다르지 않은 마음이 들었다. 오랫동안 집을 떠나 있을 때면 또래 아이들만 봐도 리온이 떠올랐다. 리온의 친구이자 리온과 너무도 닮은 하라에게는 그 이상의 감정이 들어 무슨 말이라도 힘을 실어 주고 싶었다.

하라도 아저씨의 말이 가볍게 들리지 않았다.

'실수는…… 실패일까요? 실수를 하지 않았어도 같은 결과였을까요?'

하라는 입가에 맴도는 말을 속으로만 물었다. 잔잔한 물결을 마주해서인지 하라의 마음은 텅 비어 버린 듯했다. 아저씨는 한동안 침묵하다가 덤덤하게 입을 열었다.

"끝은 아직 멀었어. 그렇지?"

아저씨가 미소를 띠며 말했다. 마치 하라의 속을 꿰뚫는 것처럼. 하라는 아저씨를 올려다보았다. 지금껏 누구도 하라에게 그런 말을 해 준 적이 없었다. 싫은 일, 힘든 일에 매달려 불행해질 필요가 없다는 말을. 나아갈 길이 아직 많이 남았다는 사실을. 간절함을 다해도 이루지 못했을 때, 그럼에도 다시 시작할 수밖에 없던 리온의 선택을 하라도 이제는 이해할 수 있었다.

지난날의 추억이 어린 곳에서, 세상에 첫발을 내딛던 자리에서 하라는 더 이상 작아지고 싶지 않았다.

"할…… 거예요. 그게 뭐가 됐든."

아저씨가 한 말에 뒤늦게 대답했다. 목소리는 자신이 없었지만, 포기한다는 말을 하고 싶지는 않았다. 약한 면을 보이는 것도 싫었다. 아저씨 곁에서 하라는 아빠를 떠올렸다. 아주 오래전에 느꼈던 아빠의 온기를, 엄마 아빠와 보냈던 다정했던 추억들을.

미안해 그리고 고마워

직접 겪고도 믿지 못하는 일, 그렇게 지나온 시간을 조금씩 받아들이면서 하라는 이곳 생활에 익숙해졌다. 이 세계의 사람들이 좋았다. 헤어지고 싶지 않을 정도로. 그러자 불안함이 커졌다. 영원히 돌아갈 수 없을지 모른다는 생각이 들었다. 여기에 적응한다고 해서 돌아가고 싶지 않다는 뜻은 아니었다. 방법을 모르는 것뿐이었다. 회색 눈동자의 남자는 그림자도 보이지 않았고, 다른 세계로 넘어가는 문은 흔적도 남아 있지 않았다.

새벽녘에 아저씨가 또다시 일을 떠난 뒤로 리온은 내내 처져 있었다. 작업장의 벽화를 어떻게 채울지 상의하자고 해 놓고서는 시큰둥했다. 벽면을 나누어 각자 그릴지 전체를 함께 그릴지도 못 정했고, 그릴 주제에 대한 의견도 아직 나누지 못했다.

거실에 앉아 하라와 리온은 각자 드로잉을 했다. 하라는 중간중간 리온을 살폈다. 리온은 만족스럽지 않은 듯 스케치북을 넘겨 새로 그리기 시작했다. 같은 표정으로, 똑같은 행동만 반복하고 있었다. 평소 같지 않게 리온은 그림에 집중하지 못했다. 탁자에 세워 둔 초상화 속 남자가 둘을 지켜보고 있었다.

하라는 그림에 대체로 신중한 편이었고, 리온은 생각과 동시에 표현하는 걸 좋아했다. 하라가 꼼꼼하게 스케치하고 채색하는 반면 리온은 망설임이 없었다. 스케치 없이 그릴 때가 많았고 색을 입힐 때도 과감했다. 붓으로 칠하는 게 답답하다면서 직접 손에 물감을 묻힐 때도 있었다. 물감을 다른 재료들과 섞는가 하면 흩뿌리기나 번지기 같은 기법을 써서 우연히 나오는 효과도 즐겼다. 덕분에 리온의 손끝에 물든 물감은 지워질 틈이 없었다.

"어떻게 이런 표현이 나오지? 대단하다."

하라는 리온의 그림을 보고 감탄했다.

"네 그림은 굉장히 세밀해. 그냥 넘겨도 되는 곳까지 파고

들잖아."

하라와 리온은 간혹 서로의 방식을 따라 하기도 했다. 똑같은 걸 보고 각자 그린 뒤에 그림을 비교하는 재미도 쏠쏠했다. 창밖의 거리 풍경을 하라는 펜으로 자세히 그렸다. 건물과 간판, 가게 앞에 놓인 테이블 무늬까지. 긴 시간 그린 디테일한 묘사였지만, 그림은 오히려 군더더기 없이 깔끔하게 완성되었다. 반대로 리온의 그림은 정확한 형태를 찾아보기 어려웠다. 마치 비 오는 날 창문 너머를 보는 것처럼, 그림은 빗줄기에 흘러내리듯 희뿌옇게 채색되었다. 평화로우면서도 나른함이 느껴지는 그림이었다. 완전히 다른 분위기의 그림을 두고 하라와 리온도 웃음을 터뜨렸다.

하라는 리온과 함께 그림을 그리고, 그림에 대해 얘기를 나눌 수 있어서 좋았다. 누가 더 잘 그리는지 경쟁하는 게 아니라 서로의 장점을 보고 배울 수 있는 게 즐거웠다. 앞으로도 그렇게 하고 싶었다. 언제까지라도.

하라는 연필을 끄적거렸다. 보통 때와 다르게 분위기가 한껏 가라앉아 있었다. 리온의 기분이 좋아 보이지 않아, 하라도 말을 걸지 않고 제 그림에만 신경을 썼다. 하늘, 병아리, 산과 나무, 꽃이 핀 땅과 들판. 손이 가는 대로 드로잉을 이어 갔다. 거실을 돌아다니는 별이의 소리만 들렸다. 종일

좁은 상자에만 둘 수 없어서 하라와 리온은 이따금 별이를 거실에 놓아주었다.

"서로 다른 세계, 세계를 잇는 통로. 어떤…… 법칙."

하라는 중얼거리다가 연필을 움직이던 손을 멈추었다. 보이지 않는 세계 그리고 문. 어딘가에 숨어 있는 그것은 어디에든 있을 수 있다. 아무도 모르게 열렸다가 블랙홀처럼 주변의 것을 순간적으로 빨아들이고 닫혀 버린다. 문은 언제 또 나타나 열릴지 모른다. 영원히 열리지 않을 수도 있다. 어쩌면 누군가 그 문을 닫아 버린 건지도 모른다. 일부러 아니면 저도 모르게.

"벽화…… 아닐까?"

하라의 머릿속에 불현듯 새로운 생각이 스쳤다. 하라가 말했는데도 리온은 아무런 반응이 없었다. 정신이 완전히 딴 데에 팔린 듯했다. 하라는 다가가서 리온의 스케치북을 빼앗았다.

"문이 열리지 않는 이유 말이야. 내가 처음 왔을 때랑 다르잖아."

갑작스러운 하라의 행동에 리온은 살짝 인상을 썼다.

하라가 리온을 만났던 순간에는 벽화가 채 완성되기 전이었다. 스케치 형태에서 리온이 색을 칠하고 있었다. 이제 막

노란색을 입기 시작한 병아리를 하라는 선명하게 기억했다. 벽화 앞을 서성인 적은 많았어도 여태 그림 자체를 연관 지은 적은 없었다.

"그게 무슨 말이야?"

리온이 시큰둥하게 물었다.

"내가 도착한 곳이 거긴데, 변한 건 벽화밖에 없잖아."

한 번 들기 시작한 의심은 확신으로 굳어졌다.

"지우자."

"뭐?"

"벽화는 또 그리면 되잖아."

"말도 안 돼."

리온은 약간 퉁명스럽게 말하고는 하라가 들고 있는 스케치북을 채 갔다.

"뭐가 말이 안 된다는 거야? 그림을 지우는 거, 아니면 그림을 지워야 문이 열린다는 거?"

"둘 다."

하라가 따져 묻자 리온은 일 초의 망설임도 없이 대답했다. 냉담한 리온의 반응에 하라는 실망했다. 방법을 찾으면 리온도 뭐든 도와줄 거라 믿었다. 공들여 그린 그림을 지우는 건 하라도 내키지 않았지만, 어쩔 수 없는 일이라고 생각했다.

"색이 마른 지 한참 됐어. 지우기 힘들어. 또 그릴 수도 없고."

리온은 벽화를 지울 뜻이 전혀 없어 보였다. 하라의 말을 귀담아듣지 않았다.

"그게 그렇게 중요해?"

리온의 태도에 하라도 불만 섞인 목소리를 냈다. 냉랭한 분위기를 느꼈는지 별이가 하라와 리온 사이를 오갔다. 둘을 말리기라도 하는 듯이.

"지우고 새로 그리라고?"

하라가 고집을 꺾지 않자 리온은 스케치북과 연필을 바닥에 탁 내려놓았다.

"그때의 느낌, 그때의 감정이 지금이랑 같아? 다시 그린다고 그게 똑같아져?"

리온의 머릿속에 벽화를 그리던 날들이 파노라마처럼 펼쳐졌다. 뭘 그릴지 구상하고, 스케치하고, 물감을 아껴 가며 색을 채우던 시간들. 정성 들여 칠해 마침내 완성되던 순간까지. 하라를 만나고 나서는 벽화를 그리는 동안 하라를 떠올리기도 했다. 의심하고, 믿고, 조금씩 마음이 넘어갔던 시간이 그림 속에 녹아들어 갔다. '다시'라는 건 없었다. 아무리 똑같이 그리려고 해도 이전과는 다를 것이다. 그림을 그리는 사람이라면 그건 너무나 잘 아는 일이었다.

하지만 리온이 하라의 말에 정말 화가 난 이유는 따로 있었다. 하라가 돌아갈 수만 있다면 리온도 뭐든 도울 수 있었다. 아무리 벽화가 중요해도 하라를 돌려보내는 일보다는 아니었다. 다만 지금은 아니었으면 했다. 헤어지기 싫었다. 그 순간이 언제 어떻게 오더라도 마찬가지겠지만, 적어도 아빠가 떠난 날은 아니기를 바랐다. 하라와 헤어져야 한다는 걸 알면서도 리온은 그 사실을 받아들이고 싶지 않았다. 갑작스러운 일 같았다. 언젠가 가더라도 당장은 아니었으면 좋겠다는 말을 리온은 차마 할 수가 없었다.

"병아리쯤 다시 못 그릴 게 뭐야?"

리온의 마음을 눈치채지 못하고서 하라는 차갑게 말했다. 진심과는 다른 말이 튀어나왔다.

하라도 모르지 않았다. 똑같은 그림을 반복해서 그릴 수는 있지만, 그릴 때의 감정과 표현은 미세하게라도 변했다. 같은 대상을 같은 재료로 그려도 느낌은 달랐다. 알면서도 그렇게 말했다. 어떤 게 더 중요한 일인지 하라는 판단이 서지 않았다.

"넌 네 생각만 하는구나."

리온이 일어서더니 방문을 쾅 닫고 안으로 들어가 버렸다. 혼자 남겨진 하라는 방문을 쏘아보았다. 리온의 반응이 지나치게 예민했다. 아저씨가 떠난 날이니까 리온의 기분이 어떨지 짐작은 가지만, 도움을 주기 싫다는 말로 들려서 하라도 섭섭함을 숨길 수가 없었다.

집을 나와서 하라는 작업장으로 갔다. 리온이 도와주지 않는다면 혼자라도 할 계획이었다. 서운함이 커 오히려 오기가 생겼다.

휴일이라 작업장은 조용했다. 입구의 철문이 살짝 열려 있어 하라는 조심히 안으로 들어갔다. 건물 쪽으로 가서 리온이 그린 벽화 앞에 이르렀다.

그림은 하라가 이곳에 오고 나서 얼마 뒤에 완성되었다. 하라는 벽을 더듬어 나갔다. 눈을 감고 손끝으로만 그림을 느끼려 했다. 병아리의 털이, 금이 간 알이, 하라의 손을 타고 전해졌다. 하라는 가만히 눈을 떴다. 확인하고 싶었다. 문이 닫힌 이유, 다시 문이 열리지 않는 이유를.

하라는 양동이 가득 물을 담아 왔다. 세제와 청소 도구도 챙겼다. 물감은 이미 잘 스며들어 말라 있었다. 쉽게 지워질 리 없겠지만 어떻게든 해 볼 작정이었다. 하지만 막상 지우려고 하자 선뜻 움직여지지가 않았다. 양동이를 들고서 하라는 머뭇거렸다.

'리온이 정성 들여 그린 건데……'

시간이 지나면 언젠가 색이 바랠 테니 그걸 조금 당기는 거라고 생각하면서도 하라는 주저했다. 기껏 지운 다음에 아무 일도 일어나지 않으면, 리온의 그림만 망치는 꼴이 되고 그때는 리온을 볼 면목이 없을 것 같았다. 작은 가능성이라도 시도해 보자는 쪽과 헛된 일에 감정만 상할 거라는 마음이 시소처럼 오르내렸다. 갈등 끝에 하라는 양동이를 내려놓았다. 선로 앞에서 겁을 먹었던 날처럼, 하라는 벽화 앞에서 한없이 작아졌다. 그림의 주인은 리온이었다. 남의 작품에 함부로 손을 댈 수가 없었다. 그건 작품의 가치와는 별개의 문제였다. 그림은 그린 사람의 자존심과 자긍심이었고, 화가 자신이기도 했다. 그런 생각이 들자 차마 그림을 지울 수가 없었다.

하라에게 리온은 가장 좋은 친구이고 앞으로도 그럴 게 분명했다. 같이 그림에 대해 얘기하고, 고민을 나누고, 서로의 그림을 이해해 주는 친구. 아무리 멀리 떨어져 있더라도 곁에 있다고 느낄 것이다. 하라는 끝내 아무것도 하지 못한 채 벽화 앞에 주저앉았다.

희미한 달빛 아래 검은 그림자가 어른거렸다. 리온은 한참 뒤에서 하라를 몰래 지켜보았다. 하라에게 가고 싶은 걸 참고 있었다. 하라의 팔을 붙잡고 그만두라고 말리고 싶었다. 그림을 지우는 게 싫은 것보다 두려웠다. 그림이 지워지는 순간 하라가 사라질까 봐.

'네가 떠나면 난 이제 누구랑 그림 얘기를 하지? 우리가 같이 그렸던 그림들, 같이 느꼈던 건 다 어디로 가는 거지?'

같은 걸 바라보고 소통할 수 있다는 게 어떤 의미인지 리온은 처음 알았다. 하라를 만나고 새롭게 보인 것들이 많았다. 당연하게 느꼈던 소소한 부분들이 하라를 통하자 다르게 전해졌다. 생각과 표현이 제자리에만 맴도는 것 같았는데, 하라 덕분에 다른 시각으로 바라볼 수 있었다.

'닥치는 대로 그리는 게 전부는 아니야.'

리온은 신중해졌다. 하라가 무심코 건네는 한마디도 새겨들었다. 지금껏 누구와도 그런 의견을 주고받지 못했다. 같은 느낌을 공유하지 못했다. 처음이었고 그만큼 잃고 싶지 않았다.

하라가 집을 나가는 소리가 들렸을 때 리온은 곧장 뒤를 따라왔다. 하라가 벽화로 다가갈 때에는 가슴이 내려앉았다. 마지막이 온 것 같은 기분. 안 좋은 감정을 가지고 헤어질 수는 없었다. 이대로 끝나지 않기를 바랐다.

그러면서도 정작 앞으로 나서지 못한 건 자신이 없어서였다. 가지 말라고 붙잡을 것 같았고, 그 말을 하라가 개의치 않을 것 같아서였다. 하라는 떠나고 싶어 했으니까. 언제든 떠날 준비가 되어 있으니까.

"돌아가면 나한테 재료가 많거든. 그걸 같이 쓰면 좋을 텐데."

아쉬워하며 말하던 하라의 모습. 리온은 하라가 부럽고 고마웠다.

"놀러 가도 돼? 네가 있는 세계로."

"언제든 환영이지."

리온이 농담처럼 말했고 하라도 흔쾌히 대답했었다.

아무것도 하지 못하고 잔뜩 웅크리고 있는 하라의 뒷모습을 리온은 그저 바라만 보았다. 같이 벽화를 지우자고 할까, 조금만 더 머물 수 없는지 부탁해 볼까, 리온은 쉽게 결정을 내릴 수가 없었다. 낮은 한숨이 흘러나왔다.

어둠이 짙어지고 나서야 하라가 집에 돌아왔지만, 리온은 없었다.

"네가 좀 전해 줄래? 미안하다고."

잠들어 있는 별이에게 하라가 속삭였다. 사과를 하고 싶은데 리온을 마주할 자신이 없었다.

방으로 들어온 뒤에 하라는 리온에게 편지를 쓰기로 했다. 아까의 일을 사과하고 싶었다. 이럴 때는 말보다 글이 나을지 모른다. 혹시라도 갑자기 떠나게 되면 리온과 인사를 나눌 겨를조차 없다. 돌아가야 한다는 생각만 했기 때문에 남겨지는 사람의 일들을 미처 따지지 못했다.

종이를 앞에 두고도 무슨 말로 시작해서 어떻게 진심을 풀어 나가야 할지, 하라는 알 수가 없었다. 몇 글자를 넘기지 못하고 쓰던 걸 자꾸만 멈추었다. 지우고 쓰기를 반복하다가 연필을 내려놓았다. 하라의 눈길이 이젤에 가닿았다.

자리를 옮겨 하라는 화판에 종이를 끼웠다. 건물을 그리고, 그 안에 벽화를 그리고, 벽화를 그리는 소년의 뒷모습도 그렸다. 그림을 그리는 소년 곁에는 또래 남자아이가 있다. 아주 수줍은 표정으로, 머뭇머뭇 다가가는 걸음으로.

'미안해 그리고 고마워.'

하라는 속으로 말하면서 그림을 완성했다.

종이를 바꿔서 다른 그림도 그렸다. 리온과 함께 그리기로 한 벽화의 스케치를 시작했다. 다른 듯 이어져 있는 세계를 익숙하면서도 낯선 느낌으로 그렸다. 한쪽은 세밀하게,

한쪽은 알 수 없는 불분명한 형태로. 마치 열린 문처럼 그 사이의 경계는 흐릿했고, 양손을 마주 잡은 두 아이가 빙글빙글 주위를 돌았다.

하라가 스케치를 마무리할 무렵에 밖에서 인기척이 들렸다. 문이 열리고 닫히는 소리와 발걸음 소리가 났다. 잠시 소리가 멈춘 건 아마도 리온이 별이를 보고 있는 거겠지. 자리에서 일어나 방문 손잡이까지 잡았다가 하라는 손을 내렸다. 숨을 죽이고 제자리에 서 있었다. 거실을 오가는 소리가 들리다가 곧 잠잠해졌다.

하라는 자리로 돌아와 방금 그린 그림을 내려다보았다. 그림 편지와 벽화 스케치를 이젤에서 떼어 냈다. 리온의 그림이 쌓여 있는 자리에 두 장을 포개 넣었다. 그림을 본 리온은 어떤 표정을 지을까. 벽화 스케치를 보면 어떤 반응을 보일까.

하라는 어렴풋하게나마 짐작할 수 있었다. 언제라도 리온이 그림 편지를 본다면, 그 안에 담긴 감정을 읽을 수 있을 거라 믿었다. 그건 당연했다. 둘은 연결되어 있으니까. 서로 다른 세계에서. '그냥' 그리는 그림 안에서.

큐브가 움직이는 순간

하라는 무거운 걸음으로 혼자 중앙역으로 향했다. 평소라면 리온이 곁에 있을 텐데. 아무도 없는 옆자리가 몹시 허전했다. 리온은 전날 밤부터 방에서 나오지 않았다. 노크를 할까, 불러 볼까, 리온의 방문 앞에서 하라는 망설였다. 아무렇지 않게 문을 열고 들어가고 싶었지만, 그러지 않았다. 서로에게 시간이 필요한 것 같았다.

기분이 가라앉아서인지 거리의 풍경마저 스산해 보였다. 금방이라도 비가 쏟아질 듯 어둡고 습한 날씨였다. 지나가는 사람과 배경이 영화를 빨리 감기 한 것처럼 하라의 곁을 스쳐 갔다.

중앙역은 변한 게 없었다. 하라가 이곳으로 온 날부터 전부 그대로였다. 하라는 점퍼 주머니에 손을 넣은 채 승강장 쪽으로 움직였다. 분주한 사람들 틈에 우두커니 서 있었다. 처음 몇 번은 승강장 앞에 설 때마다 가슴이 뛰었다. 회색 눈동자의 남자를 만날 수 있을 거라는 기대, 또다시 위험한 상황이 올지 모른다는 긴장감. 하지만 아무 일도 일어나지 않는 날들이 지나갔고, 하라는 이제 덤덤하게 들어오는 열차를 마주했다.

열차가 속도를 줄이다가 자리에 멈추었다. 기다리던 사람들이 짐을 끌고 열차에 올라탔다. 다른 세상의 이 자리에서는 어떤 일들이 일어나고 있을까 궁금했지만, 알 길이 없었다.

열차가 다시 출발한 뒤에야 하라는 발길을 돌렸다. 사람들의 얼굴과 눈동자를 확인하는 일도 시들해졌다. 거리로 나와서도 딱히 갈 곳이 없어 하라는 발길이 닿는 대로 걸어갔다.

드넓은 우주 한가운데 움직임을 멈춘 큐브. 마치 그 안에 갇혀 버린 것 같았다. 큐브가 돌아가며 세계가 교차하는 때는 대체 언제일까. 안나의 말을 어디까지 믿을 수 있을지는 몰라도, 하라는 어느새 그 안에서 실마리를 찾고 있었다. 혼자서 추측하며 가졌던 의문들을 안나의 말에 맞춰 보고는 했다.

그러고 보니 시도 때도 없이 나타나던 안나가 보이지 않은 지 며칠 째였다. 할아버지의 건강이 좋지 않다는 말이 들려왔다. 하라는 브루노 할아버지 집 쪽으로 방향을 틀었다.

"혼자 왔어?"

문을 열어 주면서 안나는 하라의 뒤를 살폈다. 다소 의아해하다가 하라가 들어올 수 있게 뒤로 물러섰다.

"아무렇지도 않다. 기력이 빠진 것뿐이야."

브루노 할아버지가 가라앉은 목소리로 말했다. 하라는 브루노 할아버지가 침대에 기대앉는 걸 도왔다.

"너흰 분명 잘 해낼 거다."

만날 때마다 늘 격려를 해 주던 할아버지의 말이 하라는 왠지 여느 때와 다르게 들렸다.

"할아버지도요. 곧 나아지실 거예요."

하라는 할아버지의 손을 꼭 잡았다. 따뜻한 온기가 전해졌다. 할아버지는 나머지 손으로 하라의 손등을 토닥거렸다. 브루노 할아버지는 감별사 일에 누구보다 자부심이 컸지만, 오랫동안 밝은 형광등 아래에서 일한 후유증으로 시력이 나빠져 있었다. 다친 팔은 나았는데 그사이 체력도 많이 떨어진 상태였다.

"걱정 마. 할아버지는 꼭 건강해질 거야. 내가 있잖아."

거실로 나와서 안나가 말했다. 나이는 어려도 야무진 성격이 제법 미더웠다.

"당연하지."

하라도 안나를 북돋워 주었다. 인사를 하고 밖으로 나가려는데 안나가 급하게 말을 꺼냈다.

"나는……."

안나가 안경을 올렸다. 안경 너머 맑은 눈이 하라를 응시했다.

"오빠를 믿어."

그 말이 돌아갈 수 있을 거라는 확신으로 들려서 하라 역시 안나를 믿고 싶어졌다. 가벼운 웃음으로 하라는 안나에게 고마운 인사를 건넸다.

터덜터덜 밖으로 나와서 하라는 거리를 쏘다녔다. 공원을 지나고 골목을 누비며 강변까지 한참을 걸었다. 다른 날보다 이상하리만치 조용했다. 거리는 한산하고 식당이나 카페에서 음식을 먹는 사람도 드물었다.

흐린 하늘에서 먹구름이 빠르게 움직이고 있었다. 하라는 강변에 자리를 잡고 앉아 가방에서 스케치북과 연필을 꺼냈다. 조깅하는 남자를 크로키 했다. 강가를 나는 새를, 강

저편에 있는 건물을 그렸다. 그러다가 회색 눈동자의 남자를 떠올렸다. 초상화 속 남자를 하라는 수도 없이 보았다. 한눈에 알아볼 수 있을 거라는 자신감이 들다가도, 반대로 빛을 등진 얼굴이 어렴풋하게 기억되기도 했다. 하라는 남자를 직접 마주했던 때를 떠올렸다. 아주 잠깐 스쳤던 얼굴을, 찰나에 응집되었던 많은 감정과 그 순간을 기점으로 뒤바뀐 세계를.

스케치북 위에서 하라의 손이 움직이기 시작했다. 그날 보았던 남자의 모습과 기억 속에 있는 이미지를 최대한 떠올리며 하라는 그림을 그려 나갔다. 얼굴의 윤곽을 잡고 이목구비를 묘사했다. 색연필을 꺼내 남자의 얼굴에 색을 넣었다. 하라가 그리는 남자는 초상화 속 모습과 사뭇 달랐다. 하라의 그림 속에서 남자의 얼굴은 밝게 표현되었다. 눈동자를 칠하기에 앞서 잠시 망설였다. 초상화에서 남자의 눈동자는 두 가지 색으로 보였다. 화가가 그림을 그리던 시간은 언제였을까. 어둠 속에 있을 때와 빛을 받았을 때, 어쩌면 둘 다였을 수도 있다. 해와 달이 함께 있는 시간, 두 가지가 겹치는 때. 그래서 남자의 눈동자 색이 둘로 보였는지 모른다.

하라의 머릿속에서 남자의 얼굴이 점차 또렷해졌다. 상상이 만든 이미지일 수도 있지만, 이제 그런 건 상관없었다. 하라는 남자를 그리고 싶은 대로, 떠오르는 대로 묘사했다.

마침내 그림이 완성되었고 하라는 색연필을 내려놓았다. 바람에 날리는 머리카락과 한 방향으로 쏠린 시선, 반쯤 벌린 입, 눈동자는 회색빛이었다. 무언가를 말하려는 눈빛, 무언가를 알려 주려는 입술.

"당신은 누구인가요? 어디에 있나요?"

하라는 속삭이듯이 말했다. 금방이라도 남자가 입을 움직여 대답할 것 같은 착각이 들었다. 여운이 가시지 않은 마음으로 하라는 스케치북을 덮어 가방에 넣었다. 언제쯤 남자를 만날 수 있을지, 그를 만나는 게 가능한 일인지 전혀 알지 못한 채.

막 자리에서 일어섰을 때 멀리 리온의 모습이 눈에 들어왔다. 리온은 강을 가로지르는 다리 위에 있었다. 다리 한쪽에 앉아 한껏 몸을 웅크리고 무언가에 열중해 있었다. 먼 거리였지만 리온이 무얼 하는지 하라는 단번에 알 수 있었다. 지나가는 사람들이 종종 리온의 옆에서 발길을 멈추었다. 어떤 그림을 그리고 있을까. 하라는 서서히 걸음을 옮겼다. 조금씩 리온이 가까워졌다.

리온은 아직도 화가 풀리지 않았을 수도 있다. 그래도 하라는 리온에게 다가갔다. 아무 말도 하지 말고 옆에 있어야지, 슬쩍 가서 리온의 곁에 앉아 그림을 그려야지. 자연스럽게 그림에 대해 이야기를 나누고 서로의 그림을 보다가 눈이 마주치면 웃어 줘야지 했다.

돌아가는 길에는 오랜만에 그림 가게에도 들를 계획이었다. 하라는 리온에게 선물을 하고 싶었다. 바닥난 재료가 많았다. 수중에 돈이 별로 없어 신중하게 골라야 했다. 하라는 그림 위에 또 그림을 그려야 했던 리온의 처지를 이해할 수 있었다. 볼펜을 이어 붙여 손가락 한 마디 정도밖에 남지 않을 때까지 썼던 리온의 연필들. 가루가 되도록 문질렀던 파스텔 조각들. 리온을 생각할 때면 하라는 동화 『플란다스의 개』의 주인공인 네로가 떠올랐다. 루벤스의 그림을 보고 싶어 했던 네로의 간절함이 리온과 닮아 있었다. 이제는 하라도 재료를 아꼈다. 소중하지 않은 게 없었다.

이곳에 오기 전까지 하라는 뭐든 마음껏 썼다. 색감이 다르다는 핑계로 물감도 브랜드별로 샀다. 호기심이 나는 재료는 다 써 보았다. 그러면서 정작 몇 번 쓰지도 않고 치워 버린 것들도 많았다. 바로 씻지 않아서 색이 물들고, 한쪽으로 쏠린 채 굳어 버린 붓을 아무렇지 않게 쓰레기통에 던져 넣었다. 그건 풍요로운 것과는 별개였다. 소중한 걸 아끼는 건 당연하니까. 새 붓을 사고, 그 붓이 손에 익어 가는 과정을 리온은 행복하게 여겼을 것이다. 하라는 리온과 나누고 싶었다. 가지고 있는 전부를, 너무 많아 넘치고 풍족한 것들을 함께 쓰고 싶었다. 할 수만 있다면, 한 번이라도.

다리 위로 올라가서 하라는 리온에게 걸어갔다. 리온이 흥얼거리는 노랫소리가 들릴 정도로 둘 사이가 가까워졌다.

"햇빛은 나뭇잎 새로 반짝이며……."

리온이 내는 리듬에 하라도 저절로 노랫말을 넣어 따라 불렀다. 피식 웃음이 나왔다. 노래 가사처럼 먹구름 사이로 해가 드러나자, 이미 화해를 한 기분이었다. 리온도 그럴 것 같았다. 때마침 둘 사이에 차가운 바람이 지나갔다. 리온의 덥수룩한 머리가 바람을 타고 날렸다. 손이 시린지 리온은 그리던 걸 멈추고, 두 손을 입으로 가져갔다. 입김을 불어 넣으며 언 손을 데웠다.

그때였다. 갑자기 강한 바람이 일어 도화지가 팔랑 위로 떠올랐다. 방금까지 리온이 그림을 그리던 도화지는 춤을 추듯 날아가며 이내 멀어졌다.

리온은 황급히 일어섰고 하라도 걸음을 빨리했다. 도화지는 하라가 있는 쪽과 반대 방향으로 계속 날아갔다. 리온이 따라가며 손을 뻗었지만 쉽게 잡히지 않았다. 닿을락 말락 하다가 더 높이 날아가 버렸다.

하라도 뛰기 시작했다. 도화지는 점점 다리 가장자리로 날아갔다. 바람이 가라앉으며 도화지가 강 쪽으로 주춤 내려앉았고, 리온은 때를 놓치지 않으려고 재빠르게 몸을 움직였다. 다리 난간에 발을 걸치고 손을 앞으로 뻗었다. 오로지 도화지에만 집중한 리온은 제 몸이 위험하다는 것도 미처 깨닫지 못했다.

"리온!"

하라가 외치며 달려갔다. 리온이 그림을 손에 넣는 동시에 상체가 난간 밖으로 나갔다. 순식간이었다. 하라는 제 몸을 날리다시피 해서 리온을 잡아끌었다. 리온을 잡은 손도, 난간을 잡은 다른 쪽 손에도 온 힘을 다했다. 하라의 힘에 이끌려 리온이 가까스로 다리 안쪽으로 넘어왔다.

그리고 그 순간, 하라와 리온은 서로를 보았다. 구름 사이로 쏟아지는 빛을 받은 눈동자를. 검은색이 돌던 눈동자가 빛을 만나 회색을 띠는 모습을. 조금 전 그렸던 그림 속 눈동자가 하라의 눈앞에 있었다. 당황한 건 리온도 마찬가지였다. 리온은 놀란 두 눈을 크게 뜨고 양손으로는 하라를 덥석 잡았다.

"아!"

하라의 입에서 탄식이 흘러나왔다. 어수선한 소음들이 하라의 주위를 감쌌다. 찬 공기가 스며들며 온몸을 훑고 지나갔다. 주변의 모든 움직임이 전달된 듯 하라의 몸에 전율이 일었다. 거울 속 자신을 들여다보는 것처럼 낯익은 얼굴이 하라의 눈으로 들어왔다.

쿵, 하라와 리온의 몸이 바닥으로 떨어졌다. 웅성거림과 소란이 까마득 멀어졌다. 귓가에서 노랫소리가 환청처럼 들렸다. 온몸이 폭풍에 휘말려 떠오르는 듯했다. 이제 하라는 눈을 뜰 수도, 생각을 할 수도 없었다. 리온과 함께했던 시간들이, 같이 그렸던 그림들이 한꺼번에 스쳐 지나갔을 뿐.

"얘, 정신 차려!"

하라의 어깨가 흔들렸다. 혼미한 상황에서도 정확하게 들리는 한국말에 하라는 눈을 떴다. 눈앞에 희미하게 여자의 형체가 나타났다.

"괜찮니?"

여자가 걱정스레 물었다.

"리온!"

하라가 다급하게 몸을 일으켰다. 이리저리 고개를 돌려 보았지만, 리온은 보이지 않았다. 잔뜩 모여든 사람들이 하라를 내려다보고 있었다. 하라를 향해 말을 건네는 사람도 있었고, 전화 통화를 하는 사람도 보였다. 하라의 눈이 번쩍 뜨였다. 사람들이 저마다 들고 있는 건 스마트폰이었다. 그 세계에는 없던 것, 이곳에서만 볼 수 있는 것.

하라는 주위를 빠르게 훑어보았다. 분명 다리 위였는데…….

"여기 어디예요?"

"많이 놀랐지?"

여자는 이해한다는 표정을 지었다.

"열차 사고가 날 뻔했어. 한국 애가 혼자 있어서 눈여겨보고 있었는데, 이만하길 정말 다행이다."

여자가 자초지종을 설명했다. 하라가 있는 곳은 열차 승강장이었다. 하라에게 너무나 익숙한 곳. 하루도 빼먹지 않고 갔던 장소였다. 사방을 둘러보자 달라진 풍경이 눈에 들어왔지만, 실감이 나지 않았다.

"잠깐 정신을 잃었던 모양이야."

계속 허둥거리는 하라를 향해 여자가 친절하게 말했다.

"리온은요?"

"어? 널 구해 준 사람을 말하는 거라면……."

여자가 두리번거렸다.

"절 구해 준 사람이요?"

하라가 되물었다. 곧이어 머릿속에 두 가지 장면이 한꺼번에 떠올랐다. 선로에 떨어진 하라를 밀어내던 사람 그리고 다리 위에서 하라가 구한 사람.

"조금 전까지 여기 있었는데……."

여자의 말이 끝나기 전에 하라는 자리에서 일어나 사람들을 헤치고 뛰어나갔다.

"리온, 리온!"

"얘!"

하라는 등 뒤에서 여자가 부르는 것도 아랑곳하지 않았다. 역무원이 뛰어와 팔을 잡아 세웠지만, 손을 뿌리치고 달렸다. 뛰면서 순식간에 지나가는 풍경을 보았다. 뉘른베르크로 가는 열차의 승강장 위치를 알려 주던 전광판 쪽으로 갔다. 전광판에 새겨진 날짜와 시간을 확인하고서 하라는 놀란 입을 다물지 못했다. 그날, 그 시간이었다. 리온과 지낸 날이 한참인데, 이곳의 시간은 얼마 흐르지 않았다.

"어떻게 된 거지?"

혼잣말을 웅얼거리며 하라는 뒷걸음쳤다. 엄마와 헤어질 때 보았던 카페와 파니니를 팔던 식당도 전부 그 자리에 있었다.

리온을 찾아야 했다. 아니, 그 남자를 찾아야 했다. 회색 눈동자의 남자를 찾아서 물어야 했다. 리온은 어디에 있고 남자의 정체는 무엇인지.

역 밖으로 나와서 하라는 숨을 몰아쉬었다. 차들이 도로를 달렸다. 트램이 지나갔고 어떤 사람들은 하라를 흘끗거렸다. 건물과 간판 들이 하라의 시야에서 어지럽게 흩어졌다. 하라는 달려서 길을 건넜다. 매일 같은 자리에 있던 화가를 찾았지만, 그는 이미 그곳에 없었다. 숨이 차서 가슴이 터질 듯했으나 멈출 수가 없었다. 하라는 방향을 바꿔 뛰었다.

달리는 동안 코끝이 시큰하고 눈두덩이가 뜨거워졌다. 쉬지 않고 달렸지만 도착한 자리에서 하라는 길을 잃은 듯이 헤맸다.

"분명히 여긴데, 여기가 맞는데."

리온의 집이 있던 자리. 리온과 하라가 같이 지내던 곳. 몇 계단만 올라가면 문을 열고 환한 얼굴로 맞아 주던 친구가 있는 곳. 건물은 다른 모양을 하고 있었지만, 틀림없이 같은 자리였다.

입구가 굳게 닫힌 문은 잠겨 있었다. 손잡이를 잡고 세게 흔들어도 문은 꿈쩍도 하지 않았다.

"여기요! 아무도 없어요?"

하라는 주먹으로 사정없이 문을 두드렸다. 잠시 뒤에 문이 열리더니 한 아주머니가 얼굴을 내밀었다.

"리온!"

외치며 안으로 들어가려는 하라를 막아서며 아주머니는 알 수 없는 말을 해 댔다. 하라가 막무가내로 나오자 아주머니도 급기야 하라를 밀치고 문을 쾅 닫아 버렸다.

하라는 건물에 기대며 풀썩 주저앉았다. 가슴 한편이 무겁게 내려앉았다. 리온과 함께했던 것들이 무엇도 남아 있지 않았다. 사과를 하지 못했는데, 마지막 인사도 제대로 나누지 않았는데…….

하라는 양팔에 머리를 묻었다. 참았던 눈물이 터져 나왔다.

또 다른 세계의 시작

별이가 다가왔다. 작고 예쁜 병아리가 총총히 와서 하라의 손등을 부리로 콕콕 찍었다. 하라가 나머지 한 손으로 별이를 만지려 할 때 별안간 별이는 날개를 활짝 펼쳤다. 푸드덕 날개를 움직이더니 땅에서 뛰어올랐다. 별이는 날개를 펼친 채 하라의 주변을 날았다. 하라는 별이를 잡을 생각도 하지 않고, 가만히 별이의 비행을 지켜보았다.

천천히 눈을 뜨자 하라의 눈앞에 별이가 있었다. 하라가 엎드려 깜빡 잠들기 전에 그리던 별이였다.

"잘 지내지?"

하라는 그림 속 별이에게 나직이 물었다. 손가락으로 별이의 몸을 쓰다듬었다. 세세하게 그린 털의 느낌이 손끝으로 전해졌다. 책상에는 여러 장의 그림이 어지럽게 널려 있었고, 하라는 그중 하나를 골랐다.

회색 눈동자의 남자. 하라는 남자의 얼굴을 여러 각도에서 그렸다. 정면에서 특징을 그린 다음, 각 방향에서 얼굴과 몸의 윤곽을 잡았다. 눈동자를 표현할 때에는 특히 신경을 썼다. 낮과 밤에 따라 남자의 눈동자 색은 미세하게 변했다. 눈동자를 그리면서 하라는 거울에 비친 제 눈을 들여다보았다. 그림과 같은 눈동자가 거울 속에 있었다.

여러 번 고쳐 가며 하라는 남자의 캐릭터를 잡았다. 이어서 남자의 다양한 표정도 하나씩 묘사했다. 웃거나 화를 낼 때, 놀랄 때, 그 외에도 미묘한 얼굴의 변화까지. 하라의 상상과 기억 속 이미지가 남자를 완성시켰다.

하라는 주인공의 캐릭터와 며칠 동안 짠 러프 스케치를 펼쳐 놓았다. 남자가 여행하는 곳은 정해지지 않았다. 시간과 공간이 얽혀 있는 세계였다. 그가 소년이던 어느 날, 햇살이 내리고 그의 눈이 빛나던 순간에 시작된 여행. 때로는 위험하지만 매번 새로워 그는 다시 길을 떠날 수밖에 없다. 혼란스러운 십 대를 보내고, 변화를 받아들인 이십 대를 지난 후에 그는 어느덧 삼십 대에 접어들었다. 두려움은 호기심과 기대로 바뀌고 그의 여행은 갈수록 멀리, 오랜 기간 동안 이루어질 것이다. 처음 겪는 일들, 꺼내지 못한 이야기를 엮다 보면 어떤 세계가 펼쳐질지 하라도 아직은 알지 못했다.

하라는 회색 눈동자를 가진 남자의 얼굴을 책상 위 보드판에 차례로 붙여 놓았다. 당분간 이 남자와 같이 지낼 것이다. 남자가 이끄는 세계를 하라는 누빌 준비가 되어 있었다.

돌이켜 보면 리온의 말이 맞았다. 좋아하는 일을 하는 데 이것저것 따질 필요가 없었다. 다른 사람의 반응을 미리 걱정할 이유도 없었다. 중요한 건 그게 아니니까. 정말 원하는 일이 무엇인지 하라는 비로소 깨달았다. 하고 싶은 일은 할 수밖에 없다는 것도. 앞으로 어떤 그림을 그릴지 확실히 정한 건 아니었다. 생각나는 대로, 그리고 싶은 걸 그릴 뿐이다. 당장은 회색 눈동자의 남자를 선택했을 뿐. 어쨌거나 끝은 아직 멀었으니까.

만화를 그린다는 걸 엄마 아빠가 알게 되었을 때 하라는 내심 긴장했다. 하지만 분명하게 말했다.

"하고 싶어요. 제가 그리고 싶은 걸 그릴 거예요."

하라는 부모님에게 솔직하게 털어놓았다. 입시에 치이며 학원에 다니는 게 싫었고 그림을 그리는 것도 재미가 없어졌다는 말을 꺼냈을 때, 엄마는 많이 당황했고 아빠는 눈을 감은 채 입을 굳게 다물었다. 좋아하는 걸 표현하는 방식과 좋아하는 걸 간직하는 법을 몰랐던 일에 대해서 더는 자세히 설명할 수가 없었지만, 하라는 엄마 아빠가 이해해 주기를 바랐다.

프랑크푸르트에서 한국행 비행기에 오르기 직전에 엄마는 하라의 소식을 들었다. 뒤늦게 하라를 찾아낸 경찰과 구조대원 들이 하라를 병원으로 옮겼고, 다행히 큰 사고를 피했다는 연락이었지만 엄마는 그 즉시 병원으로 향했다.

엄마를 만나고 곧이어 뉘른베르크에서 이모가 달려왔을 때에야 하라는 현실로 돌아왔다는 실감이 났다. 아빠와는 영상 통화로 안부를 나누었지만, 가족과 함께하는 시간은 오랜만이었다. 이렇게라도 같이 보내게 되어 다행이라는 생각이 들었다. 사실은 그게 진심이었다. 다시는 오고 싶지 않거나 기억에서 밀어내어 아무 의미도 없는 장소가 아니었다. 프랑크푸르트에서 있었던 모든 일들이, 그곳에서 흘러갔던 시간과 추억이 하라에게는 너무나 소중했다.

머지않아 하라는 엄마 아빠와 여행을 떠나고 싶었다. 다시 프랑크푸르트로 가서 곳곳을 돌아볼 계획이다. 엄마 아빠가 다녔던 학교, 셋이 살았던 동네에도 가 보고 싶었다. 그곳에서 엄마 아빠가 무슨 이야기를 나누었는지, 아이였던 하라는 어떤 표정을 지었는지 전부 물어볼 참이다. 리온, 안나와 회색 눈동자의 남자를 찾아다녔던 골목골목도 빼먹지 않을 작정이다. 우연히 그와 맞닥뜨리게 될지도 모를 테니까. 리온의 흔적이 남아 있을지도 모르니까.

프랑크푸르트를 떠나며 공항에서 하라는 몇 번이나 뒤를 돌아보았다. 거기 어딘가에 리온이 숨어 있을 것만 같았다.

'잘 가.'

손을 흔들며 배웅하는 리온이 보이는 듯해서 하라는 자꾸만 가던 길을 멈추었다.

'미안해.'

사과를 하지 못하고 헤어진 게 가장 마음에 걸렸다. 함께 그리기로 한 벽화는 시작도 하지 못했다. 넓은 벽을 리온 혼자서 채울 수 있을까. 혼자 남은 리온의 쓸쓸함이 느껴져 하라는 발이 떨어지지 않았다. 그래도 별이가 있어 조금은 안심이 되었다.

모든 걸 뒤로하고 비행기가 떠올랐을 때, 꿈같던 시간이 점점 멀어질 때에야 하라는 마음을 다잡았다. 그건 정말 꿈일지도 모른다. 잠깐 정신을 잃었던 몇 분 사이에 지나간 폭풍 같은 꿈. 그렇다고 하라에게서 리온의 존재가 완전히 사라진 건 아니었다. 하라가 기억하는 한, 리온은 어디에든 있었다. 그곳에 그리고 여기에.

휴대폰이 울려 전화를 받으면서도 하라는 보드 판에 있는 회색 눈동자의 남자와 눈을 맞추었다.

"야, 강하라!"

전화기 저편의 목소리를 듣자마자 하라는 아차, 소리를 내뱉었다. 준오와 버스 정류장에서 만나기로 한 약속을 깜빡했다.

"설마, 아직도 집이야? 빨리 안 튀어 와?"

"미안. 바로 나갈게!"

서둘러 전화를 끊고 하라는 대충 가방을 챙겼다. 점퍼를 꺼낸다는 게 실수로 교복 재킷을 집어 들었다. 왼쪽 가슴께에 학교 로고가 새겨져 있었다. 하라가 가려던 예술 고등학교는 아니지만, 하라는 다니고 있는 학교가 충분히 마음에 들었다. 미술반에 들어갔고 거기서 준오 같은 단짝도 생겼다. 미술반 친구들과는 가끔씩 야외 스케치를 나가거나 전시회를 보러 갔다. 두 가지를 한꺼번에 할 때도 있었다. 하라는 그 시간이 늘 기대되었다. 새로운 그림을 만나고, 새로운 그림을 그릴 수 있는 날. 하라는 교복 재킷을 침대에 던져두고 집을 나섰다.

준오는 하라를 보자마자 헤드록을 걸었다. 이십 분이나

늦었으니 그 정도 응징은 하라도 받아들였다.

"또 만화 그리고 있었던 거야? 도대체 어떤 세계인데 그렇게 빠져 지내?"

"아직은 말할 수 없지."

팔을 풀자마자 준오가 물었고, 하라는 모르는 척 대꾸했지만 벌써 입이 근질거렸다. 버스를 타고 가면서 간밤에 짜놓은 스토리를 준오에게 풀어 버릴 것만 같았다. 믿기 어려운 신기한 이야기를.

"두 시간 뒤에 여기서 만나자."

미술반 부장인 준오가 시간을 확인하며 말했다. 흩어져 그림을 그리고 나서 약속한 시간에 다시 모이기로 했다. 그림을 그리는 동안은 오롯이 혼자만의 시간이었다. 그다음에는 뒤풀이가 기다리고 있었다. 각자 그린 걸 보이고 그림에 대한 의견도 나눌 것이다. 그때만큼은 모두 예술가였다.

친구들과 헤어져서 하라는 적당한 자리를 물색했다. 어디에 앉아도 좋을 화창한 날씨였다. 따뜻한 주말 오후답게 공원은 사람들로 붐볐다. 노래를 부르거나 악기를 연주하는 거리의 예술가들 앞으로 사람들이 모여들었다.

사람들의 환호와 박수 소리를 지나 얼마쯤 걸었을 무렵이었다. 길가에 죽 세워진 이젤 위에 그림이 전시되어 있었다. 거리 공연처럼 거리 전시회라도 열린 걸까 싶어 하라는 그림 앞으로 다가갔다. 전시회 관람 일정이 없었는데 뜻하지 않은 그림 감상을 하게 되어 적잖이 반가웠다.

맨 처음 그림부터 보면서 하라는 걸음을 옮겼다. 그림은 전부 인물화였다. 대부분 초상화였고, 전신을 그린 그림도 더러 눈에 띄었다.

"사진 아니야?"

지나가던 커플이 그림 앞으로 바짝 다가가며 말했다. 그림인 걸 확인하고서 커플은 감탄사를 내뱉었다. 옷 주름 하나까지 섬세하게 표현되어 있어 사진이라고 해도 믿을 정도였다. 소녀의 뒷모습에서는 발랄함이, 그늘에서 쉬고 있는 노인에게서는 삶의 고단함이 엿보였다. 그림의 모델은 성별, 나이, 인종을 가리지 않았다. 인물 뒤의 배경도 다양해서 세계 여러 나라 사람들을 한자리에 모아 놓은 듯했다. 허름한 주택가 골목, 높은 빌딩이 즐비한 도시, 넓은 초원과 눈부시게 반짝이는 해변.

걸음을 옮길 때마다 그림은 조금씩 분위기가 바뀌었다. 세밀하게 그렸던 그림은 단순화되거나 색다른 방식으로 나타났다. 앞서 보았던 그림들과는 확연히 달랐다.

이어진 인물화 역시 특이한 기법이었다. 기껏 완성한 그림을 마치 물에 담갔다가 꺼낸 것처럼 색이 번져 있었다. 초점이 맞지 않는 카메라 렌즈를 들여다보는 느낌이었다. 이목구비가 뚜렷하지 않았고, 구체적인 형상을 알아볼 수가 없었다. 검은 머리카락을 가진 소년의 모습 때문인지, 아니면 그림의 기법 때문인지 몰라도 불분명한 그림에서 하라는 강렬한 끌림을 느꼈다.

전시된 그림의 끝에 다다랐을 즈음에는 그림에 대한 감흥으로 하라의 가슴이 살짝 뛰었다.

"벽화 앞에서 사진 찍자."

지나가는 누군가의 말에 하라의 시선이 그들을 좇았다. 끝난 줄 알았던 전시의 마지막은 골목을 사이에 두고 벽화로 이어져 있었다. 하라가 그쪽으로 걸어가는 동안 오가는 사람들과 사진을 찍기 위해 모여든 사람들 틈에서 벽화가 살짝 드러났다 사라졌다. 사람들을 비켜 가며 벽화 앞에 섰을 때 하라는 숨이 멎을 듯이 놀라고 말았다. 한 걸음 뒤로 물러나서 벽에 그려진 그림을 눈으로 따라갔다.

하늘과 땅이 어우러진 배경 사이로 날개를 펼친 병아리와 무언가를 잡으려는 듯 펼친 두 손. 하라는 그림처럼 두 손을 모았다. 같은 분위기, 같은 스토리, 같은 감정. 하라의 심장이 요동쳤다. 벽화의 한쪽 면에는 두 소년이 서 있었다. 벽화 속에서, 벽화를 바라보는 자세로, 소년은 서로의 어깨에 팔을 걸치고 있었다. 함께 그림을 완성한 듯 각자의 손에는 붓을 들고서.

이어진 벽화의 그림을 보고서 하라는 그대로 얼어붙었다. 움직이던 시곗바늘이 멈추고, 일제히 조명이 꺼지면서 소리마저 사라지는 기분에 휩싸였다. 벽화 안에는 하라가 잘 알고 있는 그림이 그려져 있었다. 채색 없이 검정색 한 가지로만 그린 그림이었다.

"이 그림은……"

하라의 목소리가 잦아들었다.

나무와 풀, 건물과 다리가 회오리에 휩싸인 것처럼 뒤섞인 형태를 이루었다. 어떤 부분은 디테일하게, 어떤 부분은 모호하게. 그 중심에서 보일 듯 말 듯 흐리게 드러난 블랙홀 같은 입구 그리고 마주 잡은 손. 양손을 잡은 두 아이가 허공을 돌듯이 떠 있었다.

스케치만 남기고 시작도 하지 못한 그림. 리온과 함께 그리기로 약속한 그림. 이 그림을 아는 사람은, 이렇게 표현하고 그릴 수 있는 사람은…….

잠시 뒤에 고요를 뚫고 발걸음 소리가 들렸다. 저벅저벅.

많은 소음 속에서도 발소리는 정확하게 들렸고, 소리는 점점 하라에게 가까워졌다. 하라는 고개를 돌렸다. 멀리서 누군가 하라를 향해 걸어오고 있었다. 수많은 인파 속에서 모습을 드러낸 사람. 편안한 차림의 남자가 하라를 보고 있었지만, 남자의 얼굴은 아직 명확하지 않았다. 그는 잠시 멈추었다가 다시 하라에게로 걸어왔다. 서두름이 없는 걸음걸이로 조금씩. 남자가 가까워지면서 하라는 이제 그의 얼굴을 알아볼 수 있었다. 약간 둥근 턱이, 한동안 깎지 않은 수염이, 콧날과 광대 그리고 눈이.

하라는 남자를 향해 완전히 몸을 돌렸다. 그리고 다가오는 남자를 마주 보며 속으로 말했다.

'당신을…… 기다리고 있었어요.'

바로 앞까지 다가온 남자도 하라를 향해 잔잔한 미소를 지었다.

작가의 말

온 마음을 다했지만 이루지 못한 일을 생각하다가,
다시 온 마음을 다할 수 있는 일을 생각했다.
그런 마음 하나쯤 누구나 있을 거라 믿었다.

글을 쓰는 동안 게르하르트 리히터의 작품을
많이 떠올렸고, 그림에 대한 묘사 중 일부는 그의
작품에서 연상되었음을 밝힌다.
　미술관에서 하라의 눈길을 끌었던 그림은 앙리
루소의 '생 클루 공원의 가로수길'이며, 본문에
나오는 초상화는 렘브란트 반 레인의 청년 시절
자화상을 모티프로 삼았다.
　75쪽에서 하라가 말한 고흐의 일화는 『반 고흐,
영혼의 편지 세트』(빈센트 반 고흐 지음, 신성림 옮기고
엮음, 예담, 2019)를 참조했다.

2023년 겨울
이은용

하라의 세계가 열리면

2024년 1월 12일 1판 1쇄
2024년 11월 10일 1판 2쇄

지은이	이은용
편집	김태희 장슬기 윤설희 최경후 이여름
디자인	김효진
제작	박흥기
마케팅	김수진 강효원 백다희
홍보	조민희
인쇄	천일문화사
제책	J&D바인텍

펴낸이	강맑실
펴낸곳	(주)사계절출판사
등록	제406-2003-034호
주소	(우)10881 경기도 파주시 회동길 252
전화	031)955-8588, 8558
전송	마케팅부 031)955-8595 편집부 031)955-8596
홈페이지	www.sakyejul.net
전자우편	literature@sakyejul.com
트위터	twitter.com/sakyejul
인스타그램	instagram.com/sakyejul_teen

이 도서는 2023년도 한국문화예술위원회 아르코문학창작기금 발간지원 사업에
선정되어 발간되었습니다.

ISBN 979-11-6981-178-1 44810
ISBN 978-89-5828-473-4 (세트)

↳ 사계절 청소년문학 유튜브 호호책방
　『하라의 세계가 열리면』편 보기